Franziska König

Was macht die Kunst?

Journal

Realdoku
aus dem wahren Leben

Für meinen lieben Friedel!

BoD – Books on Demand
© Januar 2022 von Franziska König
Cover: Gemälde von Wolfram König. „Grebenstein"
Covergestaltung: Franziska König & Agentur Baumfalk Aurich
Herstellung und Verlag: BoD –Books on Demand Norderstedt
ISBN: 9783755783459

Franziska (Kika) mit ihrer Violine – fotografiert von ihrer lieben Freundin Ute Bott aus Rottweil.

„Wenn ich dereinst verstorben bin, so schweigt auch meine Violine!" sagt sie.

Drum bringt Franziska alle vier Wochen ein schlankes bis vollschlankes Taschenbuch heraus.

Erzählt werden Geschichten aus dem wahren Leben, die von erhöhtem Interesse sein dürften.

Jeden vierten Dienstag um 18.05 wird das fertige Manuskript in die Umlaufbahn entsandt.

Die meisten Vorkömmlinge
finden sich im Personenverzeichnis
am Ende des Buches

Hier die Familie vorweg:

Buz (Wolfram), unser Papa (*1938) Professor für
Violine an der Musikhochschule in Trossingen
Rehlein (Erika), unsere Mutter (*1939)
Ming (Iwan), mein Bruder (*1964)

Ein Buch ohne Vorwort.
Sie können gleich anfangen zu lesen…

Februar 2003

Samstag, 1. Februar
Aurich/Ostfriesland

Verschneit, ein wenig bleich,
wolkig und doch sehr angenehm

Erneut hatte mich ein nächtlicher Traum bis nach
China katapultiert:

*Ich befand mich wieder in unserem nach kaltem Tabak
müffelnden, karg möblierten Hotelzimmer, und im Bad fiel
mir eine Plombe aus dem Mund, klatschte mit einem fein-
tönenden „Pling" auf der Klobrille auf, und machte noch einen
kleinen Hupfer in die Höh', bevor sie auf dem Boden
aufschlug und hinwegrollte.*

*Kaum hatte ich mich mit diesem Schlag auseinandergesetzt
und mir eingestanden, daß dies nun wohl leider kein Traum
sei, da fiel mir auch noch ein Frontzahn aus, der eine äußerst
unschöne, nicht zu übersehende schwarze Lücke hinterließ, die
ins Nichts zu führen schien.*

Und dann war's gottlob *doch* bloß ein Traum, über
den der Realistische jedoch zu denken geneigt ist:
„Heut' nur ein Traum – und morgen schon ein
saurer Apfel, in den hineinzubeißen es nun gilt?"

Bettschwer wuchtete ich mich in den Tag hinein,
denn am Erhebungsvorgang - für einen jungen,
lebensfrohen Menschen eine Selbstverständlichkeit -
muß man in meinem Alter bereits richtig arbeiten.

Frühstück mit Eri:
(Ein Satz wie aus dem Tagebuch von Thomas
Mann)

Der Schwarztee, der zum Frühstück serviert wurde, weckte überraschend einen ungeheuren Unternehmungsgeist in uns Damen. Wir fühlten uns direkt so, als seien wir vom Aurasauger besaugt worden, und die gereinigte Aura würde ganz automatisch eine Fülle an neuen Freunden und Freuden ansaugen.

Kaum hatte sich dies wundervolle Gefühl über der Teetafel ausgebreitet, da rief Buzens kleiner Schüler Henning an, um Rehlein und mich für den kommenden Dienstag zum Tee zu bitten.

So sehr mich die Einladung beim kleinen Henning auch freute – meine Bürozeiten wollte ich indes unbedingt einhalten, und so tat ich am Telefon so, als sei ich berufstätig. Ein aufregendes Gefühl, denn während ich es sagte, war ich es auch.

„Dienstags muß ich immer bis 17 Uhr arbeiten!" sagte ich gewichtig.

Kurz darauf rief unsere neue Freundin Monika, die aus dem Saarland nach Ostfriesland herbeigezogene Schwester unserer alten Freundin Thekla an, und die Monika sprach eine Einladung zum Frühstück aus.

Alles in unserem Leben schien sich zum Guten wenden zu wollen, denn wenn man eingebettet in Behagen als Teegast herumsitzt, dann braucht man zumindest stündchenweise kein Gold und keine Reichtümer mehr.

Die Zeit scheint zum Stillstand gekommen – das Glück fest eingerastet.

Gestern, so berichtete Rehlein, habe der Onkel Hambum angerufen, und sei so warm und freundlich gewesen, wie Rehlein ihn noch kaum gekannt hatte. Ich aber wußte zu berichten, daß der Onkel immer so warm und freundlich sei, wenn er abends einen guten Tropfen getrunken habe – und dies müsse doch einmal ganz klar und deutlich zur Sprache gebracht werden: Daß nämlich ein edler Tropfen zur rechten Zeit am rechten Ort eine Wohltat ist!

Die Gespräche modulierten fort, und bald schon sprach Rehlein über die kleine Daaje, die schon jetzt auf professoraler Ebene grußlos durch Rehlein hindurchzuschauen pflegt, wenn man sich irgendwo begegnet. Bei einem Besuch in Mings Ashram in Ofenbach habe sie sich mit einem Buch auf´s Sofa gefläzt, und Rehlein als Gastgeberin überhaupt nicht beachtet, und dabei hatte Rehlein doch extra Köstlichkeiten für die Kinder gebacken.

Einmal auf die Entrüstungsschiene geraten, entrüstete sich Rehlein auch noch ein bißchen darüber, daß Kinder sich immer so viel herausnehmen dürfen, bloß weil´s halt Kinder sind.

Z.B. einfach auf Mings Marienkäfer, einem Gefährt für Kleinkinder auf vier Rädern herumzufahren und den Boden zu zerkratzen, oder Mings rotes Sofa, das Clintonsofa*, zu behopsen.

*Dieses selten zu lesende Wort hat seinen Ursprung darin, daß wir es zur Ära Bill Clintons gekauft haben. Nach den Mühen des Tages pflegten Ming & ich uns auf dem Sofa niederzulassen, und fühlten uns dabei augenblicklich, und ohne daß wir es vorhatten, wie Bill und Hillary

Clinton, wenn sie sich abends zusammensetzen, und den Erlebnissen und Erkenntnissen des Tages hinterhersinnieren.

„Bill! Einen Penny für deine Gedanken!"

Rehlein gefiel meine Idee, in Zukunft mit Hilfe der Hundertstelsekunden auf der Stopuhr alles auszulosen, was man tun solle, und bevor ich mich anschickte, auf den Markt zu radeln, legten wir eine Ausloseliste für Rehlein an.

Ich freute mich sehr, daß meine liebe Mama so etwa neun bis zehn Hobbys hat, die man auf diese Liste setzen konnte.

„Du wirst sehen, durch die Stopuhrmethode wird dein Leben zu einem Hochgenuss!" prophezeite ich bedeutsam. Man bekäme davon viel mehr Lebenslust, denn Fleiß gebiert immer neuen Fleiß, und das Nutztier „Mensch" kann nur blühen und gedeihen, wenn es Nutzbringendes tut.

Ein Auslosepunkt auf Rehleins Liste lautete, ihrem Neffen Rifflein in Amerika einen langen aussagekräftigen Brief zu schreiben, und diese entlegene Tätigkeit, die man unter normalen Umständen wohl kaum in Angriff genommen hätte kam zum Zuge., und nun konnte es einem gar nicht schnell genug gehen, daß das Rifflein den prallen Brief freudig aus dem Postkasten fischt, sich eine Tasse Kaffee aufbrüht, die Füße auf den Tisch bettet und interessiert darauf herumzulesen beginnt.

Das Rifflein als Lesender schickt seine Gedanken in die Ferne nach Europa, während sich Rehleins Abenteuer in der Stube in Amerika ausbreiten.

Schmerzlich bewehte uns der Gedanke, daß wir viel zu wenig Genuss an unserem Vetter und Neffen haben. Wie schön wäre es jetzt gewesen, wenn wir bereits vor mehr als einer Woche ein Päckchen losgeschickt hätten, von dem man sich nun freudig hätte ausmalen können, daß es heute mit der Post geliefert würde.

Gespannt entschält das Rifflein das liebevoll ausgesuchte Geschenk dem Geschenkpapier. Solcherart, wie ein Bräutigam seine Braut dem Hochzeitskorselett.

Wieder fühlte ich eine leichte Säure gegenüber der zwitschrigen Tante Bea, warum sie damals - und nur um sich wichtig zu machen und vor der Verwandtschaft aufzuplustern - nach Amerika auswandern mußte? Bloß, daß sie jetzt in einem fernen Ort lebt, der nichts weiter ist als eine glanzlose Mischung unserer beiden Wohnorte Ofenbach in Niederösterreich und Aurich in Ostfriesland.

Ich radelte auf den Markt.

In der Nikolaistraße begegnete mir Frau Lüvers mit dem Rollator.

Unverdrossen sprach sie augenblicklich eine Einladung aus, obwohl es eigentlich kaum etwas Komplizierteres zu geben scheint, als einen Termin zu einem gemütlichen Miteinander mit einem durch den Rest des Lebens hastenden Erwachsenen abzumachen, weil die Menschen, die sich laut Udo

Jürgens der Ziellinie des Lebens entgegenbewegen, so sehr mit ihrem bißchen Zeit geizen müssen.

„Ja gerne! In vierzehn Tagen!" pflegt unser seemannsartiger Freund Herr Berke zu diesem Ansinnen zu sagen.

„Ja gerne!" sagte auch ich….

Ich besuchte den Biostand, wo zwei blonde junge Mädchen mit langem Haar aus purem Gold bedienten, und eine von ihnen trug ihren Ohrring gar auf der Stirn!

Nach dem Einkauf setzte ich mich ins Zentralcafé. Vor mir saß eine Familie mit zwei kleinen Buben, die beide graue Pullover trugen, die aus der gleichen Wolle gestrickt worden waren. Der Kleine war kaum dem Babyalter entwachsen, und schaute mich mit dem Schnuller im Munde hie und da ganz undefinierbar an.

Die blonde Mutti, die ich leider nur von hinten kennenlernen durfte, war sehr dick, so daß die Maschen ihrer Strickjacke nach Art eines Expanders empfindlich in die Länge gezogen wurden. Der breite Rücken ging nahtlos in den ausladenden Hüftspeck über, und ich hoffte und glaubte, daß es bei mir noch nicht so weit wäre, obwohl ich mich von hinten strenggenommen nicht sehen kann…

Ob in irgendeinem Tagebuch dieser Welt etwas über meine Rückansicht zu lesen steht?

Wieder daheim:

Rehlein saß, einen malerischen Anblick bietend, vor der Staffelei, und pinselte kunstvoll an einem

Gemälde herum, und so schlich ich mich auf Zehenspitzen in meine Kammer hinauf, um Rehlein bei ihrem künstlerischen Treiben nicht zu molestieren. Es schneite leicht, und plötzlich fuhr die Stephanie, eine im gegenüberliegenden Haus ansässige „Tochter des Hauses", zirka dreißig Jahre alt, in ihrem Auto vor. *In ihrem warmen und leider nach kaltem Tabak müffelndem Auto,* so bildete ich mir ein, *breitete sich eine große Heimkehrungsfreude aus,* die selbst ich oben am Fenster regelrecht mit Händen zu greifen glauben konnte. *Man war nur ein paar Tage weg, und doch schien einem plötzlich alles so fremd und geheimnisvoll. Solcherart, als sei man in der Zwischenzeit alt geworden, und kehre nochmals an die Stätte seiner Kindheit zurück, wo nichts mehr so ist, wie es einmal war.*

Wenig später konnte man die Stephanie im Schein der Lampe am Tisch in der Stube sitzen sehen.

Während ich noch den Teetisch deckte, war Rehlein so begeistert von ihrem Gemälde.

Rehlein wurde quirlig und fröhlich, wir nahmen den echten Otloff* von der Wand,

*Ein Gemälde von Mings unehelichem Exschwiegervater

und hängten stattdessen Rehleins Gemälde an den Bilderhaken über dem Fernseher.

Beim Teetrinken besannen wir uns auf den Tages-jubilatoren: Mings anderen ehemaligen unehelichen Schwiegervater Opa Rudi, der heute 75 Jahre alt würde.

„Den rufen wir jetzt an!" beschloss Rehlein….

Der Opa Rudi war so begeistert von unserem Anruf, daß er frug, ob er uns wohl laut stellen dürfe, damit die ganze Familie Freude an uns hat?

Rehlein zwitscherte ihre früchtebrötern üppigen Gratulationen in den Hörer hinein. Reich garnierte Worte, die sich der Opa Rudi dem Sinne nach heut schon den ganzen Tag anhören mußte, und so ist es eben mehr ein oberflächliches zweistimmiges Telefo-nat ohne rechten Tiefgang geworden.

Rehlein hatte ihren wunderschönen langen Brief an das Rifflein - verfasst auf ihrem allerbesten englisch - bereits fertiggestellt, schickte ihn jedoch dem Beätchen, weil wir nicht einmal die Email-Adresse vom Rifflein kennen, - derart porös ist der Kontakt!

Ich stellte mir vor, wie das Beätchen ihren eigenen Sohn einfach vergessen hat. Erst beim Lesen von Rehleins Brief fällt er ihr wieder ein. Dann schreibt sie womöglich: „Von diesem Menschen haben wir seit Jahren nichts mehr gehört. Wo wohnt er überhaupt?"

Man denkt immer, man hätte alles im Kopf, und dann vergisst man etwas derart Zentrales.

Sonntag, 2. Februar

Feucht und schmuddelweiß bewölkt.
Hier und dort Schneekrusten

Heute träumte ich wieder so überaus üppig: Z.B., *daß die Nachrichtensprecherin der ARD die Nerven verlor, weil der Irakkrieg ausgebrochen war.*

Jetzt mußte man damit rechnen, daß beständig Geschosse auf einen herab fallen, und tatsächlich sah ich beim Blick aus dem Fenster, wie eine riesige funkensprühende Brennschere bei Dunkelheit beinahe in eine entsetzte Menschenmenge hineingefallen wäre.

Dann wiederum träumte ich, daß die Gerswind schöpferisch tätig werden wollte, und dabei an etwas ganz Großes und Weltbewegendes dachte: Einen JESUS-Film zu drehen, um einen Jahrtausende alten Irrglauben zurechtzurücken. Sogar einer ganz unpersönlichen Kontrollöse in der Eisenbahn - einer Dame mit einem schmückenden kleinen Hütchen auf dem Kopf - hatte sie eine Rolle zugedacht.

In warmem Sonnenschein mußte ich nochmals zu meinem Auto am Busbahnhof zurücklaufen, weil ich dort meine Geige vergessen, und es hinzu im absoluten Halteverbot hingeparkt hatte. Hierzu galt es, eine große breite Trappe zu besteigen, und mitten auf dieser Treppe begegnete mir eine Dame, die ein Kuchentablett vor sich her balancierte, und mir ein Stück Kuchen anbot. Freudig griff ich nach einem Hummerförmigen Gebäckstück, und aß zwei frackschoßartige Gebilde davon hinweg. Soweit mein Traum.

Frage an die Leserschaft: Würde man den gerne weiterträumen – oder sollte man – wie empfohlen – den Blick nach Vorne gerichtet dem Alltag die Stirn bieten?

Manchmal bin ich mir nicht so ganz sicher, ob man sich im Traum oder im wahren Leben befindet, und somit erhob ich mich in eine gewisse Ungewissheit darüber hinein, ob ich mich jetzt wohl in der Realität befinde oder nicht?

Soeben war ich doch noch durch Sonnenschein gelaufen. Jetzt aber schippte Rehlein Schnee, und ich deckte den Tisch.

Alsbald setzten wir uns zum Frühstück nieder.

Wir schauten einen Film mit Robert Atzorn, der einen knallharten Typen spielte, der sehr viel Geld gescheffelt hatte, nun aber von einer seltenen Krankheit heimgesucht wurde. Einem Nervenleiden, an welchem wegen dem hohen Seltenheitsgrad noch kaum herumgeforscht worden war.

Mittags schauten wir eine russische Knastdoku an. Porträtiert wurden einige lebenslängliche Knastinsassen, die auf einer Knastinsel, umtost und umspült von eiskaltem Gewässer, ein trostloses Leben fristeten, so daß man deutlich sehen konnte, daß es Leute gibt, die nicht zu beneiden sind – auch wenn sie russisch sprechen - und wie gerne spräche ich fließend russisch!

Ein armer Knastbruder sprach davon, daß es das Schlimmste sei, den Rest des Lebens mit irgendeinem Zellengenossen zu verbringen, der einem von irgendwelchen grobklotzigen Beamten bar jeglichem Feingefühl zugeteilt wird.

Auf der anderen Pritsche saß eine stumme Gestalt unter einer enganliegenden Haube, die sich diese demütigenden Worte mit anhören mußte.

Das was man sich erzählen konnte, sei bereits gesagt, fuhr der arme Knastbruder in seiner Rede fort.

Rehlein, mit bald 64 Jahren nun an der Schwelle zur Rückblicksphase stehend und sich auf der Suche nach alten Freunden und Verwandten befindend, hatte heut schon rund telefoniert, und den Rainer aus Künzelsau* erreicht, der als rechtschaffener Schwob in einem großen Haus mit 14 Zimmern lebt, und Rehlein wie unter Schwaben üblich, ganz normal behandelte.

*Ein extrem weit entfernter Verwandter: Seine Stiefomi war in zweiter Ehe mit Omi Mobblns Onkel Paul verehelicht

Um 16 Uhr führte auch ich einige unaufschiebbare Telefonate, indem ich den Jubilatoren Heiko anrief, der nicht nur Sohn und Erstling seines frisch betagten Vaters Rudi, sondern auch noch dessen Geburtstagsnachbar ist.

Gottlob verkniff sich der Heiko jene Worte, denen die Veronika in mir bereits entgegengebangt hatte:

„Das geht jetzt aber nicht, daß du jeden Tag anrufst. Es gibt nämlich durchaus auch noch einen arbeitenden Teil in der Bevölkerung. Das vergesst ihr Musiker zuweilen!"

„Ich habe mir für den noch so frischen Monat Februar vorgenommen, ab jetzt jeden Tag anzurufen!" scherzte ich fröhlich.

Der Heiko entschuldigte sich dafür, daß er neulich so schlecht gelaunt gewesen sei. Etwas, das ich eigentlich nicht gemerkt, so jedoch geahnt hatte.

Ich fand es ganz toll, daß sich der Heiko für etwas entschuldigte, das man gar nicht gemerkt hat, und von den dadurch ausgelösten Verbundenheitsgefühlen getragen, wurde ich sehr plauderfreudig, und erzählte von Frau Kettler, deren Computerlehrer sie einmal aus einem üblen Launentief heraus vor der ganzen Klasse zur Schnecke gemacht hatte, als sie ihm eine höfliche Frage stellte, aus der jedoch hervorging, daß sie soeben nicht zugehört hatte.

Doch am nächsten Tag rief er an und entschuldigte sich wortreich und höflich. Dies fand Frau Kettler ganz toll. Seither mögen sie sich wieder, und Frau Kettler geht nochmal so gern in die Computerschule.

Heiko und Moni sind heute schon ihrer Bürgerpflicht nachgegangen und waren beim Wählen. Die Wahl fand in der Musikschule statt.

Sogar Heikos kleines Töchterlein Isabella politisierte mich am Telefon an. Sie sagte, daß man die SPD eigentlich nicht mehr wählen dürfe, und so habe man mit sich gerungen, ob man der SPD wohl noch eine Gnadenstimme geben solle, oder lieber doch nicht?

Doch wenn alle so dächten?

Die Plauderfreudigkeit nahm Fahrt auf, und ging so weit, daß sie in einen spontanen Besuch mündete.

Kurzerhand radelte ich in die Graf-Ulrich-Straße. Doch die etwa zwei Kilometer lange Radelei strengte mich derart an, als wolle ein normaler Mensch eine Reise bis hinter den Ural in Angriff nehmen.

Ich setzte diffuse Erwartungen in diese Einladung zum Tee, und stellte mir vor, *ich sei eine einsame alte Frau, die nach vielen Jahren plötzlich und unerwartet zum Tee geladen wird, und sich nun freudig im Sauseschritt dorthin begibt, um Kälte und Einsamkeit für ein paar Stunden zu vergessen.*

Die kleine Isabella in ihrer lustig gemusterten Kinderstrumpfhose öffnete mir die Tür, und Vati Heiko war sehr erfreut über mich als Gast. Ich erzählte, daß Rehlein aus jenem Grunde nicht mitgekommen sei, weil sie gemeint hatte, es wären nur junge Leute da. Es waren aber fast nur Alte und sogar Uralte zu Gast, und der Heiko versicherte mir glaubhaft, daß man bislang hauptsächlich über Zipperlein gesprochen habe.

Ich setzte mich bergend neben die verschmuste Omi Ingeborg, auf deren Zügen stets ein liebes und wärmendes Lächeln für einen eventuellen Sitznachbarn bereitsteht. An diesem schönen Platz auf Erden wurde ich gleich so rührend verwöhnt: Mit einem roten Begrüßungscocktail und einem köstlichen Whiskytörtchen.

Omi Ingeborgs Ehehälfte, der Opa Rudi, dessen Wangen den Jahren geschuldet etwas eingefallen sind, erinnert mich stets an Peter Iljitsch Tschaikowski, und dadurch daß Tschaikowski in Opa Rudis Alter bereits seit geraumer Zeit unter der Erde lag, beantwortet einem der Rudi durch seine bloße Existenz eine Frage, die doch wohl jedem Musikfreund zeitweilig auf dem Herzen liegt: Wie sähe Tschaikowski heute aus, wenn er nicht vorzeitig vom Tode hinweggerafft worden wäre? Naja, eine etwas zeitversetzt angebrachte Frage, aber man versteht sie.

Omi Ingeborg interessierte sich sehr für Mings neue Freundin, doch der Opa Rudi als ehemaliger Grundschullehrer wird die Julia als ehemalige Grundschülerin von heute zwanzig Jahren wohl kaum in seiner Klasse gehabt haben, dieweil er doch schon seit 15 Jahren in Pension ist.

Auf dem Tisch lagen zwei historische, schwarze Aufsatzhefte, die der Heiko einst als zehnjähriger Bub vollgeschrieben hatte.

Amüsiert versenkte ich mich hinein, und fand Heikos Erzählstil so anrührend und begabt. Zwischen den Zeilen schimmerte ein interessierter Mensch wie der junge Ming durch.

Immer wieder tönte die Hausschelle, die einen kleinen Besucherschwapp zur Folge hatte. Mehrere junge Leute mit wuseligen Kleinkindern beehrten den noch frisch gereiften Jubilatoren (seit heute stolze 42 Jahre alt) mit ihrem Besuch.

Ein süßes kleines Mädchen mit einem Schnuller im Munde, etwa eineinhalb Jahre alt, wurde von den Erwachsenen als „ganz drollig" empfunden.

Heikos kleine Nichte Seeyong hatte ihre Geburtstagsgratulationen für Opa und Onkel in *einem* Brief zusammengefasst.

Fast jedes Wort war falsch, und einige Zeilen die gar nicht recht zu einer Geburtstagsfeier passen wollten, hatte sie etwas verwunderlich aus einer Fibel abgeschrieben, so daß der Kritische die Augenbrauen leicht anhebt, und voll Befremden nach dem Bezug zu einem Geburtagsbrief frägt:

„Es ist sieben Uhr!" sagte die Mutter, „Husch! Husch!"

Ich erfuhr allerlei:

Heikos Schwester Insa zieht mit ihrem betagten Mann George dieser Tage von Göttingen nach Berlin, obwohl man doch allgemein weiß, wie schädlich es ist, einen so alten Mann wie den George nochmals zu verpflanzen.

Nach der Teestunde half ich den beiden Omis beim Spülen, und Omi Ingeborg küsste mich mal so nett und vertraulich. Summa summarum kann ich sagen, daß ich mich in dieser Familie sehr familiär und geborgen fühlte, auch wenn ich mich dann schon bald verabschiedete, da der Geburtstag vor dem Bildschirm gekrönt werden sollte, wo ein Handballspiel auf dem Programm stand.

Daheim schauten Rehlein und ich den zähen Krankheitsfilm mit Robert Atzorn zuende, der die Botschaft barg, daß Geld allein nicht glücklich mache.

Montag, 3. Februar

Oftmals ein Aufschneien stürmischer Natur.
Doch das Zusammengeschneite
zerrann auch bald wieder zu Schneesuppe

Ich las in einem schlanken, biegsamen Roman von Georges Simenon die Geschichte vom Bürger-meister aus Furnes.

Einem Büchlein dererart, wie es sich einst in Oma Ellas Handtasche befunden hatte, wenn die Omi mit ihrem zierenden Hütchen über dem schmückenden Dutt und den blitzenden Ohrringen ein Eisenbahnabteil bestieg.

Nach einer Weile bewegte ich mich wieder in die oberen Stockwerke hinauf und nahm die Stimmung der unheimlichen belgischen Kneipe mit, in welcher der Bürgermeister einzukehren pflegte, weil er sich vor dem Heimgang grauste.

Draußen vor dem Fenster schneite es zuweilen wirbelig auf, und mir gefiel es, im Schein der Lampe am Fenster zu stehen. Stumm, Aug in Aug mit einer verunschärften Ausgabe meiner selbst.

Nach einer Weile raschelte auch Rehlein auf.

Mit meiner Tagesgestaltung treibe ich es im übertragenen Sinne ein wenig so, wie die Finanzbranche mit der Kundschaft umzuspringen pflegt, der das Vermögen langsam und unauffällig ausgedünnt wird. Ganz schleichend drehe ich mir selber den Freizeithahn immer dünner.

Rehlein schminkte sich die Augen, weil sie schon ein bißchen für Buz vorüben wollte, für den sie sich nun öfters mal zu verschönen plant.

„Damit ich nicht wie eine junggebliebene Hundertjährige ausschaue!" sagte das süßeste Rehlein lachend, dieweil ich gestern Nachmittag gesagt habe, daß ich mir plötzlich genau vorstellen könne, wie Rehlein mit 106 Jahren wohl ausschaut.

Ich machte ein paar sehr töchterlich klingende Worte drum, daß sich in Rehleins Hirn alles um Buz drehen würde – doch meine eigenen Worte wurden, noch während sie sich summierten, von der Einsicht neutralisiert, daß dies richtig, und keinesfalls beklagenswert sei!

„Rehlein, ich korrigiere mich!" rief ich in meiner vom Opa geerbten Einsichtsfähigkeit aus, die bei einem Erwachsenen unerhört kostbar, da äußerst selten ist. „Ein Ehepartner sollte immer und ausnahmslos im Zentrum der Gedanken stehen!"

„Und drum bin ich auch so froh, nicht verheiratet zu sein", – fuhr ich fort. Die Liebe wäre längst abgekühlt und ich hätte einen Ehemann am Bein, der mir beim Bebrüten feiner Gedanken nur im Wege stehen würde.

Zu diesen Worten setzten wir uns zum Frühstück nieder.

„Stell dir nur vor, wie leer unser Leben ohne Fernseher wäre!" sagte ich. Doch Rehlein glaubt es nicht, und versuchte ganz viel zu plaudern.

Rehlein molk sich selber nach interessantem Plauderstoff ab.

Ich wollte wissen, mit welchen Worten Rehlein Herrn Otten, unseren Bildschirmschoner*, damals gefragt habe, welchen Beruf er wohl ausübe? Rehlein scherzte, daß sie streng den Zeigefinger ausgefahren, ihn auf den Herrn gerichtet, und nur ein einziges barsches Wort, versehen mit einem Fragezeichen von sich gegeben habe: „Beruf?"

*So nenne ich ihn, da er sich immer vor unserem Fenster bewegt – wie dies Bildschirmschonerart ist

Dann wiederum erzählte ich Rehlein vom Pfarrer Schluckebier, der mich leicht an Buz erinnert habe. Der hessische Pfarrer hob sich äußerst wohltuend von den kleinlich und knickrigen Schwaben ab („Wir sind finanziell nicht auf Rosen gebettet!") indem er sich mit seinem Budget sogar brüstete. Dadurch, daß ein eventuelles Konzert mit mir noch in weiter Ferne liegt, durfte er sich dererlei erlauben, und tat´s genußvoll auf Buzesart.

Um zehn Uhr schuftet ich wieder im Büro.
Derzeit bin ich hauptsächlich damit beschäftigt, Bewerbungen loszusenden, von denen man keine Ahnung hat, ob sie wohl je beantwortet werden?
Heute schickte ich meine Doppel-CD an Lorin Maazel, und schrieb einen knappen Brief, an dem der süße Buz womöglich stundenlang gefeilt hätte, bloß daß er nicht gelesen würde?
„Ich bin sicher, daß wir sehr gut zusammenpassen!" schrieb ich. „(Ein Satz wie von einer heiratswütigen Dame)" setzte ich schelmisch in Klammern hinzu, denn man weiß ja, daß der Lorin selber mit einer Jüngeren verheiratet ist, und sich als welkender Gatte seiner Frau gegenüber äußerst hündchenhaft zu geben pflegt. Etwas, das ich Rehlein zum Mittagessen plastisch schilderte.

Einmal schrillte das Telefon.

„Versprochen ist versprochen!" tönte mir eine Herrenstimme jovial durch den Hörer entgegen, und ich wußte gar nicht wer das sein sollte.

„Goethe drei!" rückte sich Herr Berke mit Hilfe seiner einprägsamen Adresse ins Bewusstsein zurück, und meldete sich auch alsbald zum Tee an.

Um 15 Uhr schuftete ich weiter, und nach wenigen Tagen drohen mir bereits die Kritiken auszugehen. So verließ ich im Rahmen der Bürotätigkeit das Haus, und rechtfertigte dies damit, daß ich bei der Arbeit neuerdings auch verstärkt im Außendienst eingesetzt würde.

Ich radelte durch Schneematsch in die „Ostfriesische Landschaft", und fertigte einen Stapel Kopien an.

Etwas verfrüht erschien unser Teegast Herr Berke, ein Herr, der ausschaut wie einst Johannes Brahms, so daß man ihn allein schon aus diesem Grunde sehr gerne in seiner Wohnung sitzen hat.

Herr Berke, der das Haus augenblicklich mit großer Jovialitesse zu füllen pflegt, hatte unzählige Kuchenstücke mitgebracht.

Leider löst er keinen übermäßigen Plauderschwung aus oder anders formuliert: Der ausgelöste Plauderschwung währt gerade ebenmal *ein* Kuchenstück lang – bzw. erinnert an den Hit: „Das was ich zu sagen hätte, dauert eine Cigarette!" so daß in einem agilen jungen Menschen wie mir bald schon ein Unruhegefühl solcherart aufbrandet, daß man das bißchen Zeit auf Erden das uns gegeben ist etwas sinnvoller nutzen solle. Sich zu retirieren wäre jedoch unhöflich gewesen, und so blieb ich in der Aura von Herrn Berke und Rehlein sitzen und schrieb zu den dahinplätschernden Gesprächen ins Tagebuch.

Dienstag, 4. Februar

Nur noch ein bißchen Schnee. Hellgrau und herb

Am Morgen erhob ich mich wie alle Tage, und las die Geschichte vom Bürgermeister von Furnes weiter. (Packend!)

Um 7:41 übte ich los, ohne die Violine zuvor gestimmt zu haben, da Rehlein nicht so gerne vom jauligen Versuch die Violine zu stimmen geweckt wird.

Beim Üben schaute ich durchs Fenster auf die leicht verschneite Straße. Man sah, wie die Ina, die jüngere Tochter des Bildschirmschoners kurz nach acht Uhr dick vermummt das Haus verließ.

Rehlein hatte sich schon gefragt, ob das junge Ding jetzt wohl auch schon arbeiten würde, und ich tippte auf eine Hilfsarbeit auf dem Ponyhof, denn fürs Büro würde man sich wohl kaum derart vermummen← reimte sich Miss Marpel in mir zusammen.

Die Möllers nebenan frühstückten heut sehr lang und ausgiebig: Zeugnisferien!

Später sah man Herrn Möller gewissenhaft den Schnee von den Stiegen fegen.

Interessiert frug ich mich, ob die Eheleute wohl beide den gleichen Lebensplan verfolgen?

Während Frau Möller nur auf Abruf lebt – den Blick auf die Pensionierung in 16 Jahren und eine damit verbundene Auswanderung ins Ausland gerichtet, zielstrebig, weder nach links noch rechts blickend vor sich hinlebt, hat sich Herr *Möller, der im vergangenen Jahr aus Langeweile eine Affäre mit einer 17-jährigen Schülerin begonnen hat, an das Leben in Aurich gewöhnt. Er hat sein dröges Dasein in dieser Stadt mit ihren drögen Bürgern liebgewonnen, und wünscht eigentlich nach Seniorenart keine großen Veränderungen mehr. Doch wie soll er dies seiner Frau beibringen, die der felsenfesten Meinung ist, daß in Norwegen alles besser sei? Aber er hat ja noch 16 Jahre Zeit, sich etwas auszudenken.* Diese und ähnliche Gedanken spiegelten sich in seiner Körpersprache, während er den Schnee vom Bürgersteig hinwegschippte. Sein schmuddelweißes Hündchen schnupperte am Schnee herum, und sah einmal so erfreut aus, als sei ihm eine Erleuchtung gekommen.

Wieder begann ich um zehn Uhr erbarmungslos mit meiner Bürotätigkeit. Ich bilde mir ein, etwas zu bewegen, und dabei ist es letztendlich einfach hinausgeworfene Zeit.

Ich telefonierte mit bajuwarischen Kirchen, und Kirchen im Raum Bremen, und die höflichen Fräuleins am anderen Ende der Leitung hörten sich alle so ähnlich oder sogar nahezu identisch an, daß ich manchmal das Gefühl hatte, ich müsse mich entschuldigen, daß ich schon wieder anrufe.

Nebenan wütete Frau Meyer mit dem Staubsauger herum, so daß unser Heim von einer frühjahrsputzartigen Kneipp-Atmosphäre durchbebt wurde.

Beim Blick aus dem Fenster stellte ich fest, daß mich die häßliche dunkelblaue Farbe von Frau Meyers Auto regelrecht depressiv stimmte. Ich schaute drauf und wünschte, daß Frau Meyer bald damit hinwegfährt, damit es mir seelisch besser gehen möge.

Zur Mittagsstund´ pflegen köstliche Düfte unser Heim zu durchziehen. Rehlein hatte platte Klöße zubereitet (ein Widerspruch in sich, doch der Leser wird´s verstehen?). Hinzu gab´s Auberginen und Brokkoli.

Wir bewegten uns auf die Einladung beim kleinen Henning zu. Ich hatte mir bereits Gedanken gemacht, was wir der Familie Förster wohl für ein Gastgeschenk machen, und kam drauf, daß der „Pannonius" für die religiös interessierte Frau Förster doch wohl von erhöhtem Interesse sein dürfte? Rehlein freute sich sehr über diese Idee, doch dann fiel mir das Buch von Werner Gitt, einem religiösen Eiferer ein, das mir einst der Franz geschenkt hat. Ich holte es hervor, um lustvoll darin zu blättern.

„Du hast ihm aber hoffentlich gesagt, daß dies der größte Kappes ist!" rief Rehlein ganz erschrocken.

„Nein, das war ganz anders!" erläuterte ich, „ich habe es mir gewünscht. In der Eingangshalle vom christlichen Studentenheim in Stuttgart, in welchem der Franz damals mit seiner frisch angetrauten Frau Silvia lebte, lagen ganz viele fromme Traktätchen und Bücher zum Jubelpreis von nur einer Mark aus!" erinnerte ich mich.

Werner Gitt in seinen frommen Schriften bereitet mir einfach Vergnügen. Beim Lesen stelle ich mir oftmals vor, wie seine Frau Renate beim Abtippen, für das er ihr zu Buchbeginn dankt, wohl gedacht haben könnte: „Ob mein Werner noch ganz richtig tickt?"

Die Liebe auf den ersten Blick ist Rehlein in Form eine Franzosen auch schon einmal begegnet. Doch Rehlein erschien nicht zum vereinbarten Treffpunkt, denn das kluge Rehlein ahnte es bereits: Wenn sie hinginge, so wäre sie verloren! Etwas, das Gisela, Hilde und Monika und wie sie alle heißen ja bereits passiert ist. Jetzt würden sie ihre Kinder am liebsten ungeschehen machen, und wenn das Virus der Liebe noch ärger wüten würde, so würden sie sich am Ende gar mit dem Gedanken tragen, die Kinder zu ermorden!

Man sieht ja, daß die Hilde mir auf meinen netten Brief aus China noch immer nicht geantwortet hat, da ihr neben Buzen nur noch der Friedel durch den Kopf schwirrt. Die Schwangerschaft, die ja eigentlich geplant war, ist ihr nurmehr eine Last – und das Familienleben, das sich gerade irgendwie eingependelt hat, ist gänzlich aus den Fugen geraten.

Rehlein und ich schauten den köstlichen Film "Geht nicht gibt´s nicht!" weiter an.

Der Film handelt von zwei unreifen jungen Leuten, die sich nach Art des jungen Buz in Schulden gestürzt hatten. Als rührend empfanden wir, daß Stiefvater Heinz sich heimlich zu einem Millionen-quiz angemeldet hatte, um den jungen Leuten aus der Misere zu helfen. Er frug gar, ob er „wen grüßen dürfe" und sagte vor millionen Zuschauern: „Conny, du schaffst das schon!"

Der Heinz war eigentlich ein eher ruppiger und grober Typus, der hinzu unter Verdacht stand fremdzugehen. Doch in Wirklichkeit übte er mit der kroatischen Schönheit, auf die man ein mißtrauisches Auge hielt, nur für den Millionen-Quiz.

Rehlein und ich sind derzeit in der Besuchs- oder Besuchsempfängnisphase, und heute um drei Uhr wurde eine alte Kollegin aus der Musikschule zum Tee erwartet. So tat´s mir ein bißchen weh, daß doch genau um drei meine Bürozeit zu beginnen pflegt.

„Mein Chef kennt da keine Gnade!" sagte ich einfach, da ich ja immer davon geträumt habe, so einer ähnlichen Tätigkeit nachzugehen, wie einst die Omi, die als Sekretärin in einem Anwaltsbüro in Kassel gearbeitet hat. Omis Arbeitstag wurde von zwei etwa zwanzigminütigen Zugfahrten umrahmt, wobei der abendlichen Heimfahrt stets eine gewisse Zerstreuungsspanne auf dem Hauptbahnhof voraus-ging, in der sich die Omi gerne mal einen schlanken Kriminalroman aus der Bahnhofsbuchhandlung gönnte.

Rehlein hatte dem Gast zu Ehren eine grüne Tischdecke aufgedeckt, und bald darauf saß der leicht verknitterte Teegast, eine Dame mit großen münzschlitzförmigen Nasenlöchern bei uns an der Teetafel, und man unterhielt sich nicht unansprechend. Hie und da knappste ich mir zehn Minuten ab, und hoffte sehr, daß die Gespräche in dieser dürren Zeitspanne zu Themen hinmodulieren, die auch *mich* bannen könnten. Wir erfuhren, daß unserem Gast unlängst ein Autoreifen platzte, und Ehemann Roland zehn Jahre älter sei als seine Frau - man somit nur hoffen könne, noch einige gemeinsame glückliche Jahre zu erleben, bevor dann auch schon das Alter mit seinen kalten knöchernen Fingern zunächst nach ihm, und schließlich auch nach ihr greifen würde. Na, wenn sie sich wenigstens so poetisch ausgedrückt hätte!

Und schon mußte ich wieder zum Außendienst aufbrechen. Ich besuchte den Schreibwarenladen, und der junge Verkäufer hinter dem Tresen arbeitete so träge, daß die Zeit um ihn herum dickflüssig zu werden begann, und schließlich zum Stillstand zu kommen schien. Vergebens wälzte er die Kataloge nach Pufferfolie ab. Es erinnerte leicht an einen jungen, noch ungeformten Musikstudenten der sich interessiert in die Partitur krümmt, doch die Note auf die er draufschauen möchte im Gestrüpp der anderen Noten einfach nicht finden kann.

Am Nachmittag fuhren Rehlein und ich in den Ahornweg zu den Försters. Leider hatte ich vor lauter Sorge, ob wir den Ahornweg wohl finden die beiden Bücher vom Pannonius vergessen, so daß wir mit leeren Händen ankamen.

Mutti Kathrin lebt mit ihren beiden Kindern in einem niedrigen Dreifamilien-Reihenhaus, wo sie es sich und ihren Lieben freundlich und kuschelig eingerichtet hat. Heut tobte dort eine Kinderparty.

Wir lernten ein süßes kleines Mädchen mit Pilzfrisur und Milchzähnchen kennen, dem der Herdentrieb fehlte, so daß es sich, ähnelnd mir einst, eher zu den Erwachsenen im Eck hingezogen fühlte, denn zu den lärmenden Artgenossen.

Mit im Hause lebt ein freundlicher und aufmerksam aussehender Spitzohrhund, der morgen ein Jahr alt wird.

Nach einer Weile fand ich ihn dann allerdings weniger süß, weil er so laut und jaulig kläffte, daß es Rehlein und mir je durch Mark & Bein ging, und in den Ohren schmerzte.

Die Kinder waren ebenfalls schrecklich laut, und einmal hat man gemerkt, daß in Kathrins Tochter Gesche, zirka 8-9 Jahre alt, etwas Bedrohliches brodelt, das sie von ihrem Vater, einem libanesischen Gefängnisinsassen geerbt haben dürfte.

So mag einst das böse Uschilein als Kind gewesen sein? dachte ich.

„Hab ich nicht!!!" sagte die Gesche höchst bedrohlich und hasserfüllt zu einem anderen, ganz erschrockenen kleinen Mädchen, das harmlos über die Suppe gesagt hat: „Gesche sagt, da sei Fleisch drin!"

Der kleine Vorfall verpuffte bald nach Art einer ausgepusteten Kerze, hatte sich aber in den beklemmenden Erinnerungen eingebrannt. Mutti Kathrin wechselte gekonnt das Thema, und erzählte stolz von ihren Kindern. Gesche sei hochbegabt, und schreibt Geschichten. Die Kathrin hat einmal eine Geschichte heimlich an die Süddeutsche Zeitung geschickt, und dort wurde sie sogar gedruckt.

Der warme Käsekuchen war so köstlich, und so, als sei´s der kulinarischen Genüsse noch nicht genug, wurde eine wunderbar dekorierte Orangencreme herumgereicht.

Die Kathrin ist sehr warmherzig und betreibt alles was sie anpackt äußerst liebevoll. Sie scheint sich in Tätigkeiten, die ein normaler Mensch so schnell als möglich abhaken möchte regelrecht hineinzuschmiegen? Hie und da nahm sie eines ihrer Kinder auf den Schoß und busselte zart und unaufdringlich auf es ein, so wie dies von einer guten Mutter wohl erwartet wird. Zur Zeit absolviert sie ein Fernstudium an einer theologischen Hochschule, und wenn alles klappt, so kann sie sich irgendwann als Diakonisse selbstständig machen?

Gesche hatte ein Gedicht vorbereitet, das sie den Gästen vortragen wollte: Den „Lindwurm" von Michael Ende – doch dauernd mußte sie beschämt nachschauen, weil ihr der Text vor lauter Aufregung entfallen war.

Mittlerweile war es dunkel geworden.

Abends riefen wir unsere Jubilatoren Heiner & Friedel an. Mit der Gisela hat der Friedel in aller Freundschaft Schluß gemacht, und die Monika wiederum schickt ihm Päckchen mit schönen und edlen Geschenken. Das fand ich so unglaublich nett und rührend von der Heiratswütigen.

Mittwoch, 5. Februar

Zuweilen prasselte ein Regen auf,
sonst grau-weiß verquollen

Am Morgen fokussierte ich meine Gedanken auf unseren gestrigen Teegast.

Die Dame hatte von ihren beiden Töchtern erzählt, die leider überhaupt nicht zusammenpassen – im Nachhinein scheint´s ihr so, als haben die beiden in ihrem ganzen Leben nie etwas anderes als vielleicht „Tag!" oder „Tschüss!" zueinander gesagt.

Rehlein hatte am Morgen bereits mit dem Tone telefoniert, und *das* ausgeplaudert, was ich gestern im Überschwang des fantastischen Verstehens so von mir gegeben habe: Daß ich Partys hassen würde.

Doch jetzt bei Tageslicht und beim Drübernachsinnieren kam mir diese Äußerung – ein momentanes Gefühl – dem Tone gegenüber so taktlos vor, zumal uns der Tone schon so oft zu einer Party eingeladen hatte, und so mußte Rehlein auf mein Geheiß hin nochmals anrufen, um den Schaden wieder zu plätten.

Der Tone setzte uns darüber in Kenntnis, daß am Freitag die ewige Frau Leonskaja in Leer konzertiere, und Rehlein meinte hernach, der Tone habe sich am Telefon so einsam angehört.

Rehlein und ich frugen uns, seit wie vielen Jahren Frau Leonskaja wohl alle zwei Jahre in Leer konzertiert, während man in Ostfriesland doch so einen fantastischen Pianisten wie Ming hat, der unvergessliche Klavierabende zu spielen versteht.

Die ewigen Klavierabende mit Frau Leonskaja - zumindest jene vor der Klassik-Schafherde in Leer - lassen sich vielleicht mit einem Besuch im Steakhaus in der Fockenbollwerkstraße vergleichen?

Einem Abendessen mit Frikadellen und Kartoffelsalat, und hernach bestellt man sich noch einen faden Kaffee, um nicht gleich wieder in die Kälte der Nacht hinaus zu müssen. Dann setzt sich Frau Lüvers hinzu… man merkt´s: Beim Schildern des Klavierabends – bzw. der Transponierung eines Kunstgenuss´ in eine Mahlzeit, war ich vom Pfade abgerutscht und befand mich gedanklich nun tatsächlich im Steakhaus.

Frau Saathoff war gekommen, um dem süßesten aller Rehleins bei der Aktenentrümpelung zu helfen.

Wir erfuhren, daß ein Riesenartikel über Jewgenij Kissin im *Stern* gekommen sei, und daß somit in die Köpfe aller Sternleser hineingeimpft ist, daß ein nie zuvor dagewesener Messias die Pianistenwelt erhelle.

Da bleibt einem vor Ehrfurcht bereits der Mund offen, noch ehe man auch nur eine Note des Vielbesungenen gehört hat. Doch ich sprach´s ohne große Wortgirlanden aus, daß Ming viel besser spiele. Der aspergerbenagte Kissin spiele mir viel zu buchstabiert, wußte ich brühwarm zu berichten.

Frau Saathoff erinnerte sich an den großen Pianisten Michael Ponti, der sich im Laufe der Jahre wie Schall und Rauch aus dem Bewusstsein der Musikliebhaber verflüchtigt hat. Doch mit der Nennung seines Namens zeigte sich, daß doch noch ein Doc für ihn angelegt ist, denn der schwarzhaarige Pianist tauchte augenblicklich in meinem Inneren auf.

Stellvertretend für Rehlein rechnete ich damit, daß Frau Saathoff nun in eine verzückte Schwärmerei verfallen würde, und Frau Saathoff sprach zwar mit schwärmerischem Impetus in der Stimme. Doch sie sagte: „Der hat immer so laut gespielt!"

Rehlein hatte ein köstliches Mittagsessen zubereitet: Rapunzelsalat und flache Gemüseküchlein.

Frau Saathoff erzählte wieder Schockierendes vom Kriege, so daß es mir stellvertretend für Rehlein direkt ein wenig viel wurde.

Plötzlich zeigte ich wie aus dem Nichts heraus ein so lebhaftes Interesse an Frau Saathoffs Schwiegertochter Jutta, über die sogar ein Hochglanzprospekt existiert, in welchem sie für den interessierten Beschmökerer ein fesches, pralles, junges Gesangswunder verkörpert.

Frau Saathoff redet für ihr Leben gern über ihre Schwiegertochter:

Es käme zuweilen vor, daß Mutti Saathoff anruft, und die Schwiegertochter bar jeglichen Respekts sagt: „Nee du! Heute hab ich keine Lust zu reden!" und dann einfach auflegt.

Der Peter habe ein wenig Angst vor seiner Frau, so hieß es. Frau Saathoff kicherte schelmisch und verbindend, um alsbald tief in die Truhe der Erinnerungen zu greifen: Einmal rief Mutti Saathoff um elf Uhr vormittags an, und da sagte der Peter vorwurfsvoll: „Jetzt hast du sie wach gemacht!"

„Ja, wenn sie ohnehin wach ist, dann kannst du sie mir doch geben!" sagte Frau Saathoff in der rustikalen Logik einer überreifen Frau, doch der Peter wiegelte ab, weil ihm die Jutta womöglich durch bedrohliche Gesten zu verstehen gegeben hat: „Ich bringe dich um!"

Heute mußte ich die Bibliothek aufsuchen. Das Ultimatum für meinen kleinen Bücherstapel war abgelaufen. Auf diesem Wege warteten drei Begegnungen auf mich: Frau Lüvers auf der anderen Seite der Fockenbollwerkstraße. Das Wetter war soeben ungemütlich aufgebarscht, und eine aufdringliche Windböe drohte Frau Lüvers das zierende Hütchen zu entrupfen, und über die Straße zu schleudern.

Extra wegen mir ließ Frau Lüvers den Rollator stehen und überquerte auf gut Glück die Straße, nur um intensiv mit mir zu erörtern, wann ich wohl zum Kuchenessen kommen würde?

Nächste Woche geht es leider nicht, denn da muß Frau Lüvers ins Auricher Großklinikum einrücken, wo ihr ein neues Hüfträdchen eingebastelt wird.

Als nächstes begegnete ich Ruth L. in der Bibliothek. Die Ruth sah sehr schlank und gut aus, doch sie deckte mich – wie ich Rehlein später erzählte – mit lauter Fragen ein, die keinen erhöhten Plauderschwung in mir auslösten.

„Ich dachte, du seiest hauptsächlich in Trossingen?" „und du unterrichtest hier?" (so halt).

Dann begegnete ich im Carolinenhof Frau Schulze. Ich gab mir sehr große Mühe, mich mit Frau Schulze zu befreunden, und strahlte sie zu unserer leider dürftigen Konversation freundlich an.

„Wird bei euch schon tüchtig gebaut?"

Daheim freute ich mich auf meine neue Schülerin vor. Sowohl in Rehlein als auch in mir selber löst diese Dame einen ungeheuren Plauderschwung aus, so daß konstatiert werden muß, daß eine halbe Stunde eigentlich viel zu kurz ist, um sich nach und nach auf der Bratsche zu vervollkommnen. Die Schülerin erzählte Rehlein von Mutter zu Mutter von ihrem kleinen Söhnchen, das mit einer einmonatigen Verfrühung auf die Welt gekommen ist, und zu Anfang seines Lebens ständig plärrte.

Heute brachte ich der sehr interessierten Dame schöne saftige Klänge bei, und dann arbeiteten wir am Anfang von einem barocken Bratschenkonzert und hatten viel Freude dabei.

Nach der Lektion plauderte sich Rehlein mit der sympathischen jungen Ärztin fest, und wir erfuhren, daß sie einst in Kentucky in Amerika studiert hat. Hört man „Kentucky" so denkt man augenblicklich an „Kentucky fried chicken", eine Spezialität, die sogar in Taiwan sehr gern verspeist wird – und schon bildeten sich neue Themenäste, an denen sich lustvoll herumerzählen ließ.

Donnerstag, 6. Februar

Sonnig milde

Als ich mich am Morgen erhob, stak mir der Schlaf noch im Gebein, und verließ mich auch nicht, als ich im Geiste *bereits in der Eisenbahn saß und meiner Dienststätte entgegenfuhr.*

Natürlich nicht! Denn wo ist der Mensch wohl am müdesten? Morgens in der Eisenbahn!

Arbeitsbeginn um 7:45.

Zwar stehe ich an meiner Violine, aber in meiner Fantasie *nehme ich am Schreibtisch im Büro eines Anwalts Platz.*

Gleichzeitig genoss ich die Seifenoper mit den Bildschirmschonern, die sich vor meinem Fenster abspielte: Der ruhelose Herr Otten wuselte beständig solcherart herum, als wisse er nichts Rechtes mit sich anzufangen und schwenke seine Blicke ringsum, ob sich eventuell etwas auffangen ließe, an das man sich festhalten könne – oder irgendetwas, wo man sich nützlich machen könne? Z.B. nachschauen, ob das Altpapier wohl schon abgeholt worden ist?

Ich frühstückte mit dem süßesten Rehlein.

Im Radio lief der erste Satz von Brahms' e-moll Symphonie, und Rehlein fand die Musik so unerhört ergreifend und erzählte, daß sie die Werke früher immer auf ihre schönsten Stellen hin abgeklopft habe und sich frug, warum die Komponisten nicht einfach immer nur schöne Stellen schrieben, und das Drumherum weglassen?

Um Punkt zehn Uhr verwandelte ich mich wie alle Tage in eine Chefsekretärin, und heut hing mir ein kleiner Fisch an der Angel: Ein gutbezahltes Konzert in Hahnenklee am 28. August.

Bald darauf sah man Frau Münch herbei-schimmern. Frau Münch zeigte mir ihren so üppigen Früchtebrotbrief, den sie den Veranstaltern zuzu-schicken pflegt, und an einer Stelle stand gar zu lesen, daß ich bei den ersten Geigen im Orchester des Musikalischen Sommers mitzuspielen pflege.

Dann rief ich Herrn Packeiser in Mölln an, der mir im letzten Sommer ein sagenhaftes Angebot unter-breitet hatte:

Heute jedoch sprach Herr Packeiser in einem etwas dick aufgetragenen Humore: „Haben Sie genügend Taschentücher da? Weil Sie wahrscheinlich gleich weinen müssen. Meine Konzertreihe ist näm-lich eingegangen!" berichtete er.

Mittags gab es ein köstliches Kartoffelpürée und Sauerkraut, und ich bestaunte Rehlein, weil es mir unbegreiflich ist, daß jemand so ein sahniges Kartoffelpüree zaubern kann. „Ich nenne dich jetzt nicht mehr Rehlein, sondern Püüüreeehlein!" scherzte ich.

Am Nachmittag kopierte ich wieder einen Stapel Kritiken in der „Landschaft", wohlwissend, daß dererlei wohl kaum gelesen und augenblich im Ascheimer zu verschwinden pflegt.

Auf einer Promenade begegnete ich der Landschaftsbediensteten Frau Garling mit einem netten Herrn an ihrer Seite, dessen Name mir jedoch nicht geläufig war. Ich erfuhr, daß Frau Garling ihre Arbeit in der „Landschaft" aus gesundheitlichen Gründen niedergelegt hat, und zu diesen Worten schaute ich auf einen freundlichen Mund mit weiß überkronten Zähnen in der Lächelzone, und stellte die seltene und gleichsam poetisch anzuhörende Diagnose „Sonnenuntergangsdepression", denn die beliebte Sekretärin war womöglich von jener Traurigkeit erfüllt, die einem ein bißchen die Kehle abschnürt, wenn man beispielsweise aufs Wasser schaut, in dem das Licht der Sonne allmählich verblasst und schließlich zu versinken scheint. Man nimmt Abschied von einem Tag, der niemals wiederkehren wird – so leis wie er sich herbeigeschlichen hat, so leis schleicht er sich auch wieder hinweg.

Zu einer Zeit, wo das Lehrerehepaar Möller müde aus der Schule zurückzukehren pflegt, erwarteten wir selbiges gegen 17 Uhr zum Tee.

Rehlein hatte das Gefühl, daß diese Leute Streß haben, denn sie hätten bereits im Voraus gesagt, daß sie nicht lange bleiben können. – Worte, die eine Hinwegfederungsmöglichkeit schaffen sollten, falls wir Nachbarn, die man bislang nur als „die Hand zum Gruße ausfahrende Bekannte" wahrgenommen hat, uns als schwatzhaft und uninteressant erweisen würden. Somit lag´s nun an uns, ob wir es in dieser kurzen Zeit wohl schaffen würden, eine unvergleichliche Atmosphäre heraufzubeschwören, in der sich ein Humus bildet, auf dem sich eine lebenslange tiefe Freundschaft errichten ließe?

Rehlein hatte bereits einen Besucher, an dem man vorproben konnte: Einen Herrn mit einem Werkzeugköfferchen, der gekommen war, um den geplanten Wintergarten vorzuvermessen. Und dann sah man auch noch Frau Saathoff mit ihrem knieweichen Zylinder auf dem Kopf herbeischimmern, und es rührte Rehlein und mich im Duett, daß die einsame Frau Saathoff uns als Zulaufanker nutzt.

Etwas verhuscht frug sie, ob sie wohl störe?

Sie wolle Rehlein etwas bringen. Rehlein nahm Frau Saathoffs Hände in die ihrigen, um die eiskalten Finger der Besucherin zu wärmen, und vielleicht auch ein bißchen, um das innere Aufstöhnen, daß dies nun aber bitte nicht zur Gewohnheit werden möge, vor sich selber wieder geradezubiegen.

Frau Saathoff brachte Rehlein ein kleines Büchlein über das Schachspiel, da man Rehlein eventuell für dieses Spiel erwärmen könnte?

Dann konnte mich Frau Saathoff auch noch für den Samstag als Schofföse zu einem Schuhsalon gewinnen.

Bald schon kamen die Gäste:

Rehlein hatte ein wunderschönes blaues Tischtuch aufgelegt, und hinzu einen köstlichen Kastenkuchen gebacken.

Gleich zu Besuchsbeginn boten uns die Möllers das Du an, und ich freute mich über jegliches Maß hinweg über diese Gunstbezeugung.

Um die Unterhaltung auch augenblicklich in Schwung zu setzen, frug ich die Möllers als Lehrer sogleich nach ihren unreifen Schülern aus, und Herr Möller sagte etwas Sinnig-sinnierendes: „Wir werden immer reifer, und es kommen immer mehr Unreife nach. Somit wird die Kluft immer größer!"

Interessiert lenkte ich die Rede auf deren direkte Nachbarn in dem prachtvollen spekulatiusförmigen Doppelhaus: Die „Bildschirmschoner", die mein Denken, ob ihrer Geheimnisfülle, zu einem großen Teil ausfüllen.

„Sie schieben sich vor philosophische und politische Gedanken, mit denen sich ein Frauenzimmer in meinem Alter *eigentlich* beschäftigen sollte!" erläuterte ich.

Frau Möller findet den neuen Liebhaber von der Ina einfach grässlich: Einen unverbindlich zugeknöpften Karrieretypus, der seine Mitmenschen kaum wahrnimmt. Einen zukünftigen Bankbeamten, kleinlich, ölig, vorwärtsblickend, ohne jeglichen Sinn für Feinheiten am Wegesrand.

Ein Mann, der ein zierendes Blödchen an seiner Seite sucht. Arme Ina!

Außerdem leuchte der Strahler, den Herr Otten im Garten angebracht hat, immer in ihr Schlafzimmer herein, machten die Worte von Frau Möller einen kleinen Hakenschlag, während ich lieber den Ausführungen über den neuen Liebhaber gelauscht hätte.

Herr Möller unterrichte nur „Laberfächer", wie er mit dem selbstgefälligen Lächeln eines Stammtischbruders erzählte, der sich trefflich darauf versteht, Schul- und Beziehungsstress an der Kneipentüre abzuhängen: Politik, Geschichte, Pädagogik und Philosophie.

Und dann blieben die Möllers tatsächlich nicht besonders lang.

Ich selber fuhr noch in den Klub.

Wie in einem Alptraum lief das Rollband, auf dem ich herumrennen und meine Waderln stählen wollte, nicht an, und ich stand wie paralysiert und ganz betreten, wie bestellt und nicht abgeholt darauf herum. Im Aerobik-Raum daneben betrieben ein paar reife Frauen orientalische Tanzgymnastik, und die Musik tönte mir angenehm im Ohr.

Daheim:

Im Duschhäusl fröstelte ich sehr – das Wasser wurde nicht (mehr) so richtig warm, und mich beschlich das Gefühl, daß Frieren das Schlimmste auf Erden sei.

Auch die Omi riefen wir noch an, und unsere alte Omi war so freundlich, und ich liebte sie unendlich.

Freitag, 7. Februar

Nieselnd

Wir erhoben uns in jenen Tag hinein, an welchem wir erstmals die Monika zum Frühstück zu besuchen gedachten, so daß ich im Morgengrauen demgemäß nur eine Stunde lang auf meiner Violine übte, auch wenn es der Seniorin in mir ein bißchen weh tat, die ausgetretenen Pfade zu verlassen.

Ich zapfte einen Stadtplan von Leer aus dem Internet, und freute mich sehr darüber, daß der Stadtplan so genau war, und daß man das Haus in der Nütterbalje Nr. 19 so groß auf den Bildschirm ausbreiten konnte. In Wirklichkeit sei das Haus nur 2500 mal so groß, und dies schien mir wenig.

Doch nachdem die Freude aufgelodert war, fiel mir etwas freudendämpfendes auf: Klickt man das gesuchte Haus so groß, so füllt´s den gesamten Bildschirm aus, und man weiß erst recht nicht, wie man dorthin gelangt?

Bald darauf fuhren wir auf gut Glück ab. Ich liebte Rehlein neben mir so sehr, und freute mich, daß wir uns nicht verfuhren, und bei der Monika freute ich mich über die kuschelige Wohnung und die so liebevoll gedeckte Frühstückstafel. Die anmutige Thekla, die nun in unmittelbarer Nachbarschaft ihrer frisch aus dem Saarland herbeigezogenen Schwester lebt, war auch zugegen, und hatte uns bereits eine Broschüre zusammengebündelt, mit der sie uns erfreuen wollte. Z.B. mit dem köstlichen Gedicht, das der Onkel aus Singapur geschickt hatte, und in welchem er das Englische, das immer üppiger und unverhohlener in die deutsche Sprache hinein-gemengt wird, - gerad so, als wolle es die Sprache Schillers und Goethes langsam auffressen - verhohnepipelte.

Es gab köstliche Brezeln, und vor lauter Genuß-sucht vergaß ich zuweilen zu plaudern, und hörte nur zu, was die sehr plapprig veranlagten Schwestern so von sich gaben. Sie erzählten von ihrer 93-jährigen Omi, bei der es immer so steif und vornehm zugeht, daß man sich als Besucher ganz unwohl fühlt.

Rehlein lenkte die Sprache auf Theklas Ehemann, Herrn Ahrend, pries seine Vorzüge – beispielsweise seine unbändige Leidenschaft Schönes zu schaffen, und seinen Eifer, große Pläne auch wirklich in die Tat umzusetzen, - und psychologisierte mit Bedenken über seine Nachteile: Er sei allzu leicht beleidigt, äußerst nachtragend und zuweilen etwas ungezogen, indem er einfach den Telefonhörer aufklatscht, wenn ihm danach zumute ist.

Rehlein nannte ihn gar vertraulich „Martin".

Die Thekla erfüllten die Psychologate womöglich mit leichtem Kummer?

„Da ist was dran!" las man aus ihrem mit spontanem Ernst behauchten bezaubernden Gesicht heraus.

Interessiert schauten wir uns das gemütliche Heim unserer Gastgeberin an, einer Dame, die leicht an einen Schlagerstar erinnert, sich von ihrem Mann getrennt hat, und hierher gezogen ist, um mit ihren beiden Söhnen ein neues Leben zu beginnen.

Ein Ambiente wie aus dem Journal „schöner Wohnen" erwartete uns. Im Schlafzimmer stand ein großer Oscar aus Plastik, den die Söhne ihrer Mutti geschenkt hatten, und im Badezimmer stand ein historischer Apothekenschrank voll mit Medikamenten einfach so direkt neben dem Klosett.

Das neue Heim von der Monika gefiel mir so gut, daß ich nur ganz ungern wieder weg wollte. Lediglich die Aussicht in den trüben Garten gefiel mir weniger.

Nach einer Weile kehrte der zehnjährige Mats von der Schule heim. Doch bevor wir den kleinen Mats näher kennenlernen durften, eilte er rasch an uns vorbei, um im Computerkabüff sein Zeugnis zu scannen, das leider nicht so berauschend sei: Nur dreien und vieren, und unter der Rubrik „Besondere Befähigungen und Begabungen" stehen lediglich drei Querstriche.

Hernach aber lernten wir den erschreckend feisten kleinen Jungen kennen. Der Mats nahm neben

Rehlein Platz, und man hätte meinen können, das raffinierte Kind tat´s um des Reimes willen. Dort saß er nun, und verzehrte mit dem allergrößten Genuß drei Nutellabrötchen. Rehlein und mich schätzte er als Schwestern ein, und Rehlein schätze er ganz richtig auf 63 Jahre, so daß mir schon richtig bange wurde, denn zuerst hatte er gemeint, wir seien Zwillinge! Dann wiederum schätzte er mich auf 27!

„Aber Mats! Einen so großen Altersunterschied zwischen Zwillingen gibt es doch gar nicht!" appellierte die Tante Thekla an seinen spärlichen Restverstand.

„Doch! Wenn man einen tiefkühlt!" so hieß es unbekümmert und weltfern.

Wir erfuhren, daß der kleine Mats demnächst ins Schülerlandheim in Elisabethfehn verreist. Doch dort sind technische Geräte, welcher Art auch immer, allerstrengstens verboten.

Der Mats aber kann ohne seinen Kassetten-rekorder nicht einschlafen, wie er sich nun leicht quengelig gab.

Aber wenigstens darf er seinen süßen Stoffhund mitnehmen. „Und neben dem schläfst du doch wohl wie in Abrahams Schoß?" beschwor Mutti Monika ein friedliches Szenarium herauf.

Dann verabschiedete sich der Mats in sein Burschenzimmer, und später sah man, daß sich der gemütliche adipöse Junge einfach ins Bett gelegt hat, um ganz viele Genüsse übereinander zu stapeln.

Fernsehen, Comics lesen und essen.

Jedem Glück wohnt ein Ende inne, und schon bald mußte sich die Thekla wieder verabschieden, da ihr Söhnchen kränkelte, und sie den gesundheitlich Gebeutelten nicht so lange alleine lassen mochte.

Die zu Nachbarinnen gewordenen Schwestern umarmten und küssten sich zum Abschied innig – so wie Ming und ich zuweilen.

Die Monika pflegt ihre Schwester manchmal spontan auf den Mund zu küssen, doch die Thekla mag es nicht so, weil sie der Meinung ist, dies sei einzig und allein ihrem Mann vorbehalten.

Dann fuhren auch Rehlein & ich heim. Rehlein fand den adipösen Knaben ganz schrecklich, und konnte es verstehen, daß das nichts für den Friedel wäre, dem dicke Leute zuwider sind.

Zu Mittag schauten wir uns einen Film über Fuerteventura an, jenem Ort, wo auch die Reimers ihren alljährlichen Sommerurlaub abzuhalten pflegen, und jetzt konnte man verstehen warum? Dort schaut´s einfach unglaublich aus! Beim Blick auf das Meer könnte man toll werden, und schöner kann es im Paradies eigentlich auch nicht sein?

Hernach griff Rehlein zum Bügeleisen, um ganz im Sinne jenes Büchleins, das ihr im Frühling 1962 anlässlich ihrer Eheschließung mit Buzen im Standesamt feierlich überreicht worden war, („Die deutsche Hausfrau") eine Bügelorgie abzuhalten.

Ich lief die Treppe hinan, um mich wieder meiner Arbeit zu widmen, und schaute eine Weile lang durch jenes Fenster am Ende der gewinkelten Treppe auf Frau Priwitz drauf.

Leuchtet Frau Priwitz auf ihrem Balkon auf, so fühlte es sich an, als würde man einem Kasperletheater beiwohnen.

Samstag, 8. Februar

Trübe

Tief in der Nacht kehrte der süße Ming, den ich ein diesem Jahr noch überhaupt nicht gesehen habe aus Leer zurück.

Auf geheimnisvolle und gänzlich unerklärliche Weise verwandelt sich Ming nachts in einen gänzlich anderen Menschen, der herumzulärmen pflegt, und sich am nächsten Morgen an nichts mehr zu erinnern vermag.

Und auch heut lärmte Ming geradezu ungeheuerlich auf: Er lachte dröhnend wie ein Teufel oder sagte „rrrrrrrrrrrrrr", solcherart als imitiere er boshaft einen Wecker.

Am Morgen erhob ich mich.

„Komm herein!" rief Ming so nett aus seinem Schlafzimmer.

Augenblicklich begann Ming vom Konzert von Frau Leonskaja zu berichten welches, so Ming und wie auch nicht anders zu erwarten, äußerst mittelmäßig gewesen sei. Ming habe allerdings freundlich gratuliert, und meinte sie habe süß ausgesehen. Allerdings habe sie eine Ausstrahlung, in welcher man sich immer ganz klein und unbedeutend fühle, und die Unterhaltung die man mit ihr führen könnte, würde vielleicht so ähnlich ablaufen, wie eine Unterhaltung mit dem Lindalein, wie es heute ist, bloß russengemäß natürlich ohne Artiiiikl:

„Was machen Großeltern?"

„Was macht Schwjeestr?"

Auch wenn diese banalen Fragen in der Tat keinen großen Berichtdrang aufwirbeln, so verwandeln sich Geschichten dieser Art, von Ming nacherzählt, in fesselnde Unterhaltung – verstehe dies wer kann!

Ming kann die banalsten Geschichten erzählen, und sie verwandeln sich in pures erzählerisches Gold. Ich genoss Ming mit seiner kissenzerdetschten Frisur unendlich.

Bald darauf gab´s ein köstliches Frühstück.

Wir spaßten noch ein wenig herum, wie das wohl wäre, nach dem letzten Ton von Frau Leonskajas ewigen Chopin Nocturne Nummero zwei, aus dem in ihrer Interpretation über die Jahre hinweg sämtliches Aroma entwichen ist, laut und wie von schwerer Seniorenstimme „Entsetzlich!" zu flüstern.

Heute kam ein Fax vom Doktor Schubert aus Plauen. Doch wie es symptomatisch für unser Leben zu sein scheint, ging aus dem Schrieb lediglich hervor, daß man für die Konzerte kein Honorar bekäme. Man spiele ehrenamtlich mit einem eventuell großen Orchester, und vielleicht könne man Kontakte knüpfen, und im Jahre 2004 ein richtiges Konzert geben?

Ein bißchen hatte ich Jan Schubert im Verdacht, eine Variation von Richard Schumacher zu sein, einem Herrn, der Buz und Rehlein einst mit großen Versprechungen geködert hat, aber in Wirklichkeit bloß seine dirigentischen Fähigkeiten vor einem ehrenamtlichen Orchester austoben wollte.

Dann dachte ich noch ein weiteres bißchen darüber nach: Man fährt in einen geheimnisvoll verhangenen Ort, wo man noch niemals war, und lernt neue Leute kennen.

Zuweilen beweht es mich, daß mein Bekanntenkreis nichts taugt, und ich dringend einen neuen bräuchte. Und aus diesem Empfinden findet man ja nur heraus, wenn man tatsächlich neue Leute kennenlernt.

Ming hatte aus Ofenbach einen Stapel Briefe mitgebracht. Vorwiegend Weihnachtspost, und das bezaubernde Rehlein freute sich besonders über den langen und netten Brief von ihrer Schülerin Anne-Kathrin. Als bitter jedoch empfand es Rehlein, daß ihre Nichte Julie ihr lediglich einen Vordruck geschickt hatte, aus dem hervorging, daß sie nun ein graduierter Mensch sei – was immer man sich darunter vorstellen mag, und Rehlein hätte sich so über ein paar persönliche Worte gefreut.

Abends schickten wir uns an, Heikos Geburtstagsfeier zu besuchen, und riefen extra an, um uns zu erkundigen, ob wir wohl in Gala erscheinen sollten? Zuerst tat der Heiko scherzhaft so, als sei dies unbedingt vonnöten, doch dann wiederum meinte er begütigend, daß man gar nichts anziehen müsse.

„Das trifft sich gut. Ich komme nämlich soeben aus dem Duschhäusl!" scherzte ich zurück.

In der Tankstelle kauften wir eine Flasche Bordeaux für den Jubilatoren.

„Der Bordeaux ist für seine Qualität auf der ganzen Welt berühmt!" spielte ich mich vor Ming, Rehlein und dem Tankwart als Weinkennerin auf.

Ich saß im Eck zwischen dem Tone und einer Dame aus dem erweiterten Freundeskreis, und bekam ein wenig Angst, daß möglicherweise gar keine Stimmung aufkäme? Man denkt sich Worte aus, die den Nebensitzer aus der Reserve locken und die Stimmung schüren könnten, und bleibt doch nur an Fragen kleben, die dem Fragenkatalog einer Frau Leonskaja entstammen könnten – wobei beim Tone jene Leute, nach deren Wohlbefinden man sich erkundigen könne, überschaubar sind. Eine joviale Frage drängte sich auf: „Was macht die Kunst?"

Wir sprachen über unsere beste, bzw. schlechteste Eigenschaft, und ich lüftete das Geheimnis um meine schlechteste Eigenschaft: Daß mich so vieles rasend stimmen würde, und die Liste dessen würde immer länger. Wenn ich dem nicht bald Einhalt geböte, so würde ich im Laufe der Jahre womöglich eine bitterböse alte Frau – ähnelnd jener, die um das Jahr 1977 herum ihren gebogenen Spazierstock in die Radspeichen eines unreifen Jugendlichen, der kaugummikauend und mit grenzdebilem Ausdruck im Gesicht durch die Fußgängerzone geradelt war, hineingehakt, und diese wüste Attacke gegen „die Jugend von heute", mit abscheulichem Gegeifer begleitet hatte.

Zum Schluß der Sitzung schlummerte ich auf dem Kissen im Fernsehzimmer ein. Es lief Musik, und ich fühlte mich so, als läge ich auf den warmen Federn einer überdimensionalen Gans gebettet, und schwebe über eine Stadt hinweg wie einst Nils Holgersson.

Sonntag, 9. Februar

Blass

Rehlein hatte sich beim Heiko in dem wunderschönen Haus gestern so wohl gefühlt, daß sie heut einfach fantastisch geschlafen hatte.

Ich selber hatte ja gestern erst einmal einen Schrecken bekommen:

Plötzlich ist die Jugend, in der man sich so heimisch gefühlt hatte vorbei, und man taucht in die noch so fremde Welt der Ü40er ein. Um einen herum brandet leicht ranzig gewordenes Ehe"glück", und eine Konversation von erschreckender Banalität.

Als ich vom Klub zurückkehrte, wirkte Rehlein

so warm und frohgestimmt, weil sie das Gefühl hatte, die Julia, die ja vielleicht bald ihre neue Schwiegertochter wird, sei sehr süß.

Die Julia hatte Rehlein so freudig umarmt, und gemeint, Rehlein dufte so gut.

Daß drei der vier Damen, mit denen Ming sich im Laufe eines langen Lebens liiert hat, aus dem Auricher Stadtteil Wallinghausen stammen, sei hier der Kuriosität halber erwähnt.

Mittags kehrte Ming von der Schillerstraße heim, wo er sich derzeit als Schwiegersohn zu installieren sucht. Ming war fröhlich, dieweil er lauter neue Impulse bekommt.

Heut beispielsweise hatte man das platte Land mit Schuhen auf Rädern erkundet. Vom Winde war man dahingeweht worden, und erlebte einen Spaziergang im Zeitraffer, so daß am Ende des Spaziergangs sehr viel Zeit übrig geblieben war.

Wir setzen uns zum Mittagessen nieder: Es gab Brokkoli, Kartoffeln und Sojasprossen, und wir badeten in Erinnerungen:

Im Dezember 2000

mußte Buz wegen einiger Verkehrssünden für vier Wochen seinen Führerschein abgeben.

Dem Sünder war es damals freigestellt worden, die passende Zeit dafür zu wählen, und Buz entschied sich für die Weihnachtszeit in Ofenbach. Dort drückte er sich mit Hinweis auf die Umwelt vor dem Autofahren, und Rehlein hatte sich schon gefreut und gemeint, er sei endlich vernünftig geworden, weil er mit der Eisenbahn herbeigereist war.

Von der Erfreuung seiner Ehefrau getragen fühlte Buz sich pudelwohl, und bloß wenn Rehlein gelegentlich ausrief: „Wolf! Könntest du nachher mal mit mir nach Wiener Neustadt fahren?"
So ging Buzen der Arsch auf Grundeis.

Doch ich half meinem Papi bei der Sünden= vertuschung so gut ich konnte, und sagte streng für Rehleins Ohren: „Nein! Mit *meinem* Auto fährt er nicht! Er fährt mir viel zu ungestüm!" und fuhr Rehlein selber nach Wiener Neustadt.

Und jetzt, mehr als zwei Jahre danach, psychologisierten wir über diese Unaufrichtigkeit, die wohl darauf fußte, daß Buz Rehleins Schelte kaum ertragen kann.

Lachend erinnerten wir uns auch daran, wie Rehlein einst maßlos überreagiert hat, als ihr Neffe David auf die unbekümmerte Art eines unbedarften 14-jährigen nach Buzens kostbarer Guadagnini auf dem Flügel langte….

Am Abend kam der Christoph zu Besuch, so daß es bei uns sehr laut und lebhaft zuging, und mir die Klimpereien bzw. das Gedonner am Flügel bald ein bißchen zu viel wurde. Der Flügel dröhnt nicht nur durch unser Haus, er lässt, von Meisterhand bedroschen, auch noch die ganze Graf-Enno-Straße erbeben, so daß man keinen Winkel findet, wo man sich vor dem Gelärme verkriechen könnte.
Schließlich trommelte Rehlein zum Abendessen.

Die Julia lachte oftmals so nett zu den Späßen, die gerissen wurden, und die Tante Antje hätte vielleicht ins Tagebuch geschrieben: „Julia allerliebst!"

Montag, 10. Februar

Gegen Nachmittag zärtliche Sonnenbeleuchtung.
Vormittags grau

Warte ich im frühen Morgengrauen drauf, daß das Wasser für den Karokaffee kocht, so stehe ich im Geiste *bibbernd vor Kälte auf dem Bahnsteig, und warte auf den Zug um 7 Uhr 1, der mich in die nahegelegene Weltstadt Kassel zu meiner Arbeitsstätte, dem Büro vom Anwalt Dr. Kilian bringt. In meiner Handtasche befindet sich ein schlanker Roman. Bald schon quietschen die Bremsen, und ich werde von einer, wenn auch leicht zigarrendunstdurchwobenen Wärme empfangen.*

Was Rehlein wohl dazu sagen würde, wenn sie wüsste, was im Kopf ihrer mittlerweile 40-jährigen Tochter so vor sich geht?

Zum Frühstück erzählte Rehlein von ihrer derzeitigen Bettlektüre: Einem Buch über eine Dame namens Marybeth, die einst neun ihrer Kinder ins Jenseits befördert hat.

Im Laufe der Lektüre festigte sich Rehleins Verdacht, daß auch eine Dame, die sie kannte, drei ihrer vier Kinder umgebracht hat. Ihre Ehe schon lang zerbrochen, und sie wollte nichts mehr haben, daß auch nur im Entferntesten an den treulosen Ehemann erinnerte.

Kein Thema scheint Rehlein zu entlegen, um zu Buzen hinzumodulieren.

Rehlein erzählte, wie Buz einmal in Italien übernachten wollte. In völliger Einöde, umgeben von spillerigen, rumpeligen Sträßchen hatte man ein kleines verlassenes Hotel gefunden, wo sich etwa alle drei Monate jemand hin verirrte. Buz wollte sein Gepäck, inklusive der kostbaren Violine, gleich im Hotelzimmer abstellen. Doch Rehlein wirkte beschwörend und händeringend auf den Herrn Gemahl ein, und sprach davon, daß sie dieses abseits gelegene Hotel doch niemals wieder finden würden.

Heute kam eine Absage von Gerhard Petri aus Winnenden, der uns auf den Anrufbeantworter sprach. Ein Herr mit einer abscheulich anzuhörenden, das Ohr beleidigenden Stimme. Hell, schneidend und kalt.

Ich schrieb sechs Briefe, und es heißt ja im Volksmund, daß man sich nur bei jedem zehnten Brief eine Antwort erhoffen dürfe.

Da rief völlig überraschend die Tante Lisel an. Die Lisel hatte schon eine ganz schlechtes Gewissen, weil sie doch schon so lange für mich tätig sein will.

Die musikbegeisterte Lisel hatte so fest vor, sich mit ihren nun 70 Jahren nicht ins alte Eisen einzureihen, und sinnvoll tätig zu werden, indem sie Kirchenkonzerte ohne Ende für mich zu arrangieren plant.

"Ich bin ja dabei, wieder Mensch zu werden!" sagte sie in seufzendem Aufbruchsschwunge, denn nach wie vor tut ihr immer alles weh, und die eine Hand muß ja schon bald wieder operiert werden.

Doch der Onkel Andi hatte sich damals nicht zuletzt in Lisels rustikale Lebensfreude verliebt, und so will die Lisel versuchen, sich dem Leiden nicht kampflos hinzugeben, wie dies ja bei mehreren Senioren usus ist.

Einen Großteil meiner Bürozeit verwandte ich nun darauf, der Lisel Adressen aus Brandenburg hervorzufischen, und die kommunizierbegeisterte Lisel will dort anrufen, und mich mit wärmsten Worten anpreisen.

Wenn man mich bei der Arbeit beobachten würde, so würde man mich wohl allzu oft dabei erwischen, daß ich eine Zeichnung auf einem Kuvert anfertige, was strenggenommen ja wohl nicht als Büroarbeit zu werten ist?

Meist fühle ich mich wie eine mit Dampf und Energie befüllte Bürotussi, doch wenn ich mich beispielsweise durch die Sinne Mings beobachte, so fühle ich mich plötzlich seltsam. Dampf und Energie verflüchtigen sich….

Am Abend freute Rehlein sich so sehr darüber, daß ein warmes Telefonat mit Buz so beflügelnd gewesen war. Das Ehepaar schien kurzzeitig auf *einer* Welle geschwommen, und man war übereingekommen, den Traum vom Wintergarten zu begraben, und stattdessen ein großes gemütliches Zimmer mit einem Ofen anzubauen.

Abends kuscheln am Kamin! Das war es, was Rehlein sich immer geträumt hatte, und Buzen gefiel dieser Gedanke auch.

Wie selbstverständlich übernachtete die Julia auch heute wieder bei uns. Sie trug das Haar offen wie die Loreley, und saß zuweilen auf Mings Knien, als man sich nach des Tages Mühen vor dem Televisor niederließ.

Der alt und runzelig gewordene Fritz Wepper war mit seiner 21-jährigen Tochter Sophie bei Beckmann zu Gast, und die Sophie war sehr verlegen, und wackelte beim Reden mit dem Kopf, so daß es den ein oder anderen Betrachter in den Fingern gejuckt haben mag, das Haupt des jungen Fräuleins ein bißchen besser aufzuschrauben.

Dienstag, 11. Februar

Feucht vernebelt

Ich frug mich, warum ein Gerichtsvollzieher viel mehr Geld verdient als ein Postbote, wo einem jeden von uns der Postbote doch um so vieles willkommener ist?

Beim Üben freute ich mich wie alle Tage auf die Post vor, und bildete mir vom Fenster aus ein, die Briefträgerin hätte mir ein erfreutes Zeichen gegeben. Und tatsächlich: Ein Brief von der Margarethe war gekommen.

Zum Frühstück gab es heut frische Brötchen. Wir erzählten Ming die These, daß Frauke P. (eine mittlerweile verzogene alte Bekannte aus den 70er Jahren) möglicherweise drei ihrer vier Kinder ermordet habe? Eine Dame, die ein Auge auf Buz geworfen, und den begnadeten Geiger unverhohlen angeschmachtet hat.

Einmal habe sie mich angerufen, und aufgrund der Stimme für Rehlein gehalten, und übel beschimpft: „Du hast gut reden – du bist verheiratet….“ giftete sie mich inmitten schwerverständlicher Wortkaskaden zankeslüstern an.

„Ich bin nicht verheiratet!“

„Ach so!?“ Davon wurde sie kurz etwas kleinlaut, „wie geht´s dir so?“ schlug sie einen milderen Ton an, und später meinte sie: „Das kannst du weitergeben oder auch nicht, was ich gesagt habe - ist dein Problem!“

Aber ich hatte den Sinn ihrer Worte gar nicht verstanden, und Rehlein wiederum meinte, daß Frauke P. sich leider immer so unverständlich ausgedrückt, und immer nur kryptisch und in Andeutungen geredet habe.

Mich bannte dieses Thema sehr, doch stellvertretend für Ming fand ich die Gespräche von Mutter und Schwester seltsam und grotesk, und freute mich auf die Julia vor, die so ganz anders ist, einen frischen Wind ins Leben bringt, und nicht immer nur über Mord, Wahnsinn, Alter und Tod redet.

Währenddessen ging Rehlein sehr in die Details, und berichtete wie Frauke P. ein solch garstiges Kind gewesen war, daß sie ihrem Vater, einem milden Arzt auf dem Lande, einmal abscheulich in die Hand gebissen habe, und hinzu mit dem bösartigen Vorsatz selbige ganz durchzubeißen.

Ming begab sich ans Klavier, und spielte äußerst erfüllend ein Werk von Rachmaninoff.

"Bravo!" rief ich nach Art von Liz Taylor, nachdem James Quest das Rachmaninow Konzert gespielt hatte, „Braaaavo!"

Gegen 13 Uhr beginnt es im Hause immer so köstlich zu duften, weil sich Rehlein für ihre Lieben in der Küche krümmt. Graupen und Grünkohl gab´s, und wir legten den fesselnden Film „die Klassenfahrt" auf: Eine leicht variierte Bearbeitung der Geschichte von der Affenpfote – falls diese Geschichte jemand kennt? (Eine berühmte Schauergeschichte, die einem feingebildeten Menschen *eigentlich* ein Begriff sein sollte). Doch ich wurde so entsetzlich müde, als habe mir jemand ein Schlafmittel in den Tee gegossen. Ich wurde müder und müder, und alles um mich herum verschwamm. Mit letzter Kraft stellte ich mir den Wecker auf 14 Uhr 55, damit ich auf Art einer dienstbeflissenen Chefsekretärin um drei Uhr wieder auf meinem Po im Büro sitzen würde, und als der Wecker wenig später lostönte, da war ich völlig im Nirgendwo hinweggesogen gewesen – ausradiert aus dem Weltgeschehen, so könnte man meinen, und nur meine sterbliche Hülle war noch da.

Das Fräulein an der Kasse bei Aldi empfand ich stellvertretend für Rehlein als etwas schnippisch.

„Könnten Sie den Einkaufswagen bitte hierum schieben?" sagte es auf unangenehme Weise – grad so als gehöre Rehlein zum alten Eisen!

Stellvertretend für das junge Ding empfand ich Rehlein als etwas seniorisch und umständlich.

Auf dem Heimweg sprachen wir davon, daß Onkel Dölein in Österreich durch einen unglaublichen Zufall immer Begegnungen mit der Unverschämtheit hat. Heutzutage lernt man kaum noch einen unverschämten Menschen kennen, da so viele Lebenshilfebücher über die Ladentheken gehen, und unsereins begegnet praktisch nie einem unverschämten Menschen. Onkel Dölein jedoch scheint die Unverschämtheit magisch anzuziehen. Dann freut er sich, in Amerika zu leben, wo die Leute sich Höflich- und Freundlichkeiten zu sagen pflegen - obwohl es in Amerika leider so langweilig ist.

Am Abend lief ich mit Rehlein zu Herrn Berke, der ins zweite Stockwerk von seinem Mietshaus umgezogen ist. Unter einem lebensbedrohlich steilen und hinzu vom Einsturz bedrohten Treppenhaus hindurch lotste er uns Damen in eine Kammer, in der er so liebevoll die Teetafel mit Kuchen gedeckt hatte. Eigentlich für vier Personen, doch Ming war in seiner amorösen Mission bei seinem Julialein.

Herr Berke, ein Herr, der von großem Fernweh gepackt ist, hatte sich einen wunderschönen, länglichen Bildschirm gegönnt, auf dem er nun, uns zur Huld, *sein* „Portugal-Video"* abspielte.

Angespannt lauschte ich die ganze Zeit drauf, ob Ming wohl endlich käme?

*Das „Portugal Video" ist bei uns zum fixen Terminus geworden, da Buz noch nie im Leben so müde geworden ist wie damals, als der Onkel Andi sein Portugal-Video vorführte, das ihn inmitten seiner Segelfreunde – gemütlichen Biertischtypen – in Portugal zeigte.

Im Raum roch es nach heißem Urin, doch das lag an den Blumen, die die Kinder ihrem Vater zum Geburtstag geschenkt hatten.

Zuerst führte uns Herr Berke einen Film über jenen Regenwald vor, der sich ganz in der Nähe befindet, wo das Beätchen lebt, so daß wir höchst gebannt waren.

Als Ming endlich da war, lief ein faszinierender Film über das Aquarium in Monterrey. Unglaublich sahen z.B. die Quallen aus. Eine weiße, schlanke Qualle beispielsweise erinnerte bei ihrer „Arbeit" an eine Frau, die sich verschämt tänzelnd ihrer Hüllen entledigt.

Herr Berke servierte uns eine köstliche Eistorte, und jenen Gästen mit güldenem Sitzleder aus

Rehleins Erinnerungstruhe nicht unähnelnd blieben wir bis um 0 Uhr 19 in der Nacht.

Erst dann liefen Rehlein und ich durch das einsame, und mit Rauhreif überzogene Aurich nachhause.

Mittwoch, 12. Februar

Am Nachmittag lag Aurich in einem rosa Schimmer. Rauhreif überzogen

Zum Frühstück kam der Christoph zu Besuch, der Ming etwas fragen wollte. Doch Ming war minnedienstlich unterwegs, und so mußte der Christoph mit uns Damen vorlieb nehmen, denn auf die schnattrige Weise begeisterten Federvieh´s nagelten wir ihn an die Teetasse fest.

Zuerst erzählten wir ihm plastisch von unserem gestrigen Besuch bei Herrn Berke, einem Herrn, den der Christoph doch gar nicht kennt! Doch dies konnte uns Herrn Berke in den Sinnen vom Christoph nur noch geheimnisvoller erscheinen lassen.

Rehlein erzählte, wie sie damals als 37-jährige knackfrische junggebliebene Frau nach Aurich kam, und sich als erstes ein Fahrrad kaufte.

Uns Kinder und Buz ließ sie vorerst in Österreich zurück, da für Buz erst nach einem halben Jahr eine Stelle vakant würde, so daß die Eheleute über ihren

Ehestatus hinweg, auch noch Kollegen werden sollten!

Buz sollte die freie Zeit dazu nutzen, seine beiden Kinder zu Spitzenvirtuosen zu formen, und durfte sich demzufolge mit reinem Gewissen von Omi Mobbl bekochen und bedienen lassen.

Rehlein in der Ferne bezog ein Zimmer mit Bad bei einer lieben Wittib namens Frau Tosch, und ging mit frischem Schwung und großem Enthusiasmus ihrer Arbeit in der Musikschule nach.

An ihrer neuen Arbeitsstätte hörte das einsame strohverwitwete Rehlein immer, was die Anderen wohl wieder für ein tolles Wochenende verbracht haben: In Wangerooge, in Langeooge! -- hörte Rehlein erstmals von geheimnisvollen geographischen Flickerln… „Ja dann nehmt mich doch mal mit!" regte das süßeste Rehlein an. Doch da ging bei den Ehefrauen ne Klappe runter, während die Männer von dieser Idee ganz begeistert waren, da Rehlein im Rufe stand, die schönste und klügste Frau von ganz Aurich zu sein.

Bei dieser Gelegenheit lernte Rehlein den Schülervati Herrn Berke kennen, der einen Narren an Rehlein fraß. Mehr noch: Die stürmisch begeisterte Verliebtheit, die damals ihren Anfang nahm, hält bis zum heutigen Tage. Doch da Rehlein bereits in festen Händen ist, beließ es Herr Berke über die Jahre hinweg bei einer burschenhaften Schwärmerei, die es galt an seiner Frau vorbeizuschmuggeln, die jedoch ihrerseits ganz unverhohlen für Buz schwärmte.

Ming spielte Klavier, und ich hüpfte um ihn herum und kommentierte alles, so wie einst zu meiner Kleinkindzeit. Doch Ming gefiel´s.

In Wirklichkeit war´s jedoch so, daß ich an meinem freien Tag nichts mit mir anzufangen wußte.

Ich psychologisierte Ming über ein Seniorenhirn an, und sprach dabei unbewußt über mich selber: Wenn jemand wie Buz zu einer bestimmten Uhrzeit irgendetwas macht, - z.B. ins Teehuus geht, - dann hat er am nächsten Tag um die gleiche Uhrzeit das Bedürfnis, ebendies zu wiederholen. Eine „Tätigkeit", die sich fest in seinem Leben etablieren möchte.

Heute kam meine neue, von Buzen ererbte Bratschenschülerin. Mit ihrer großen, menschlich verbindenden Frische betrat sie wie ein Wirbelwind unser Heim, als Ming gerade beeindruckend sein Klavier bedrosch. Und so begann der Unterrichtseinstand oben, über dem Musikzimmer, auf einem pianistischen Feuerwerksspiegel.

Etwas irritierend mag gewirkt haben, daß neben meiner Geige auf dem Bett zwei Socken lagen – doch es handelte sich nur um meine Geigenputzsocken, wie ich gleich eifrig berichtete, um eventuell befremdete Gedanken im Keim zu ersticken, aber auch, weil ich bei der Maria die Neigung habe, ständig Hakenschläge in meine Sätze einzubauen.

Pädagogisch zäumte ich das Pferd sehr von hinten auf, indem ich nämlich Feinheiten und Finessen

unterrichtete. Sogar das Geheimnis um die Ein-
färbungen der Tonartstöne lüftete ich. Das Solfeggio
Do-re-mi-fa-sol-la-si-do, das in Taiwan bereits in der
Grundschule gelehrt, in Ostfriesland jedoch
weitestgehend unbekannt sein dürfte.

Hinterher war ich von der guten Ausstrahlung von
der Maria, die ja nun auch Ming kennenlernte, so
freudig aufgeladen.

Rehlein hatte köstliche Buchweizenpfannküchlein
gebacken, und einmal bedeckte der warme Ming
mein Gesicht mit unzähligen Küsslein. Eine
Freundlichkeit, die mich ans Lindalein erinnert hat,
und von der man sich währenddessen, und auch
kurz danach, froh fühlt.

Abends kam der Nachbar Ernst H., der mit Ming
ein Lied von Mendelssohn einstudieren wollte, das
wiederum vom Christoph aufgenommen, und der
Bildung der Abiturienten dienen sollte.

Ernst H. machte einen äußerst norddeutschen
Eindruck auf mich, indem er einen kühlen Wind in
unser Heim brachte. Rehlein befrug ihn – einen
ehemaligen Schülervater – ob sein in Weimar
studierender Sohn Dieter wohl schon verliebt sei?

Doch wir erfuhren, daß der Sohn – grad so wie
Ming – in *Aurich* verliebt sei, so daß ihm die Ferne
seines Studienorts eher Grind denn Freud bereitet.

„In wen?“ frug ich neugierig und lebendig.

„Sarah Lang. Ist auch kein Geheimnis“ brummte
das Nordlicht.

Wenig später sang er los, und für meine Ohren hörte es sich total professionell an.

„Ich wußte gar nicht, daß wir in Aurich einen Spitzentenor haben!" rief ich nett aus, doch seinem nordischen Naturell zufolge ging Herr H. nicht auf diese schönen Worte ein, und ließ sie an sich abperlen, als seien es Regentropfen, die im Wind und Sturm des Daseins an seiner Regenjoppe abperlen und hinabrinnen.

Donnerstag, 13. Februar

Sonnig. Alles war mit Rauhreif überzogen

Heut nächtigte ich in Buzens Bett, und vor dem Bettgang achtete Rehlein streng darauf, daß mir kein Spanner beim Entkleiden zuschaut. Dann stieg ich in das schöne Bettfutteral, und fühlte mich sehr wohl und gut.

Somit begann ich meinen Tag endlich mal aus einem neuen Blickwinkel heraus.

In der Küche erzählte ich Rehlein, wie die Tante Uta zur Omi gesagt hat: „Wir haben jetzt den 90. gefeiert, aber wir möchten auch noch den 95. feiern!"

„Ohgottohgottohgott!" habe die Omi multipel ausgerufen, und hierzu ihre dünnen Ärmchen in die Höhe gereckt.

Ich hatte eine Reportage über Scheidungen im Iran aufgezeichnet, die wir uns nun zum Frühstück anschauten.

Eine verschleierte Frau zeterte wüst herum, und der freundliche Richter mit seinem weißen Turban auf dem Kopf gefiel uns so gut. Er hörte aufmerksam zu, schenkte seinem Gegenüber ein anteilnehmendes, zugewandtes und verbindendes Lächeln, und wirkte besänftigend auf das aufgebrachte Gemüt ein, das ihm gegenüber Platz genommen hatte.

Im Gegensatz zu den meisten Beamten hatte er eine dahingehende Ausstrahlung, daß er „mit sich reden ließe". Und tatsächlich zetern die Frauen im Iran bisweilen so lange herum, bis die Beamten schließlich stöhnend nachgeben, und ihren zuweilen unverschämten Forderungen Folge leisten.

Heute bekam ich zwei Resonanzen auf meine so emsige Büroarbeit. Doch ähnelnd einem Arbeitslosen fischte ich nur seufzend und wissend danach, denn am Brief von Vera von Hazebrouk von den Düsseldorfer Symphonikern sah man gleich, daß sie, in die ich so viel Hoffnung gesetzt hatte, meine Unterlagen wieder zurücksandte. Doch der beigefügte Brief war sehr nett.

Nett war auch der Brief von Karsten Dufner vom Hessischen Rundfunk, auch wenn darin die Rede war, daß man sehr viele Anfragen bekäme.

„Mag sein, daß Sie ganz viele Anfragen bekommen!" könnte ich ihm jetzt auf eine Postkarte schreiben, „aber bestimmt hat Ihnen niemand so ein schönes Bild gemalt!"

Nett wäre doch z.B. gewesen, Carsten Dufner hätte geschrieben: „Ganz besonders haben mir Ihre Zeichnungen gefallen. Die werde ich behalten, und bei mir daheim an die Wand kleben. Ich selber habe eine zweijährige Tochter, die mich immer wieder mit ihren „Kunstwerken" überrascht."

*Worte von Peter Turini, die er einmal über meine Zeichnungen machte, nachdem der Opa einen Brief an ihn in ein von mir verziertes Kuvert gebettet und losgeschickt hatte.

„Ich bitte um Exküse, aber meine Enkelin hat alle Kuverte vollgezeichnet!" schrieb der Opa damals.

(Daß ich allerdings schon 24 Jahre alt war, verschwieg er dem Dichterkollegen)

Abends rief der Friedel an.

Der Friedel fühlte sich nach all den Frauengeschichten nun etwas ausgelaugt, und übersättigt.

Zwar hat er noch die Monika, mit der er gestern abend telefoniert hat, doch auch bei ihr will er sich vorerst nicht mehr melden, weil er eine Weile lang seine Ruhe haben will.

Freitag, 14. Februar
Aurich – Grebenstein

Sagenhaft schön und sonnig

Vor dem Weckerschrill lag ich in Buzens Bett, und fühlte großen verdrießenden Streß, der in den nötigen Haarwusch, den ich direkt nach dem Erwachen zu tätigen gedachte, hineingipfelte. Ich hoffte, es sei noch tief in der Nacht, und wünschte, die Frist bis zum Weckerschrill durch Gehoffe vielleicht ein bißchen zu dehnen – vergebens, denn bald darauf schrillte der Wecker erbarmungslos.

Beim Frühstück erzählte ich von Großmanns leicht heruntergekommener, so doch nicht reizlosen Villa, die villengemäß auf einem Hügel steht, der im Herbst mit Herbstblättern zugeschüttet ist.

Ich erzählte, daß die Großmanns eine Mietminderung bekommen haben, weil unter ihnen eine betagte Klavierlehrerin lebt.

Nach einer Weile klingelte das Telefon, und Ming meldete Frau Saathoff.

Rehlein schnitt eine Miene dazu, als sei jetzt der allerungünstige Moment für eine längere Telefonplauderei, und dabei hatten wir doch soeben eine ganze Stunde lang gemütlich gefrühstückt, und befanden uns noch immer in Plauderstimmung.

Das süße Rehlein ist aber in sich gegangen, und bat Ming, nochmals klar und deutlich, so daß Frau Saathoff am anderen Ende des Apparats seine Worte auch höre, zu sagen: „Frau Saathoff ist am Apparat!"

Und dann machte Rehlein ein verklärtes und verzücktes Gesicht dazu, das Frau Saathoff leider nicht sehen konnte, und wir Kinder lachten über diesen spontanen Sinneswandel.

Mittags verabschiedeten uns Rehlein und ich vom süßesten Ming und fuhren ab.

Man packt und packt, bedenkt herum, und schon oder noch in der Graf-Enno-Straße wirbeln einem die Vergessungen durch's Haupt.

Rehlein meinte, daß ich bei dieser Kälte doch Stiefel bräuche, und stürmte nochmals zurück ins Haus.

Das süßeste Rehlein brachte hernach auch noch einen Brief von der Hilde mit, die wohl kaum damit gerechnet hätte, daß ihr Brief von ihrer Rivalin vorgelesen würde?

Rührend fand ich, daß die Hilde meint, die Romanze mit dem Friedel würde ganz langsam und gemächlich anlaufen, und wenn die Kinder mal aus dem Hause sind, und sie vom Omar geschieden ist, dann würden Friedel und sie endlich ein Paar?

Eine Vorstellung, die auch uns gefiel.

Ich war so begeistert und freudig aufgeladen, das süßeste und aufmerksame Rehlein neben mir zu haben. Zu jeder Stund legten wir eine Rast ein. Zuerst im Rasthof Hasbruch.

Behende, und an Rehleins kritischen Blicken vorbei, kaufte ich mir die BILD mit bannenden Details aus dem Eheleben vom Professor

Brinkmann. Wir Leser erfuhren, daß seine böse Ehefrau Yvonne einst an Brustkrebs erkrankte. Doch ein Voodoo Zauberer heilte sie. Der Professor selber habe sein Leben lang gerne einen guten Whisky getrunken, doch „steter Tropfen höhlt den Stein", wie man weiß…

Nach einer Weile legten wir die nächste Rast ein, und stiegen an einem Rastplatz zu Land, auf dem sehr viele Picknicktische gruppiert waren. Doch im Winter nimmt kaum jemand daran Platz.

Rehlein begab sich zum Pinkelpavilion, während ich im Auto sitzen blieb und mit ansehen mußte, wie Rehlein kleiner und kleiner wurde. Klein wie ein Streichhölzchen, und schließlich verschwand. Zurück blieb die Hoffnung, daß meine süße kleine Mama auch wirklich wiederkehrt, denn noch immer sitzt einem der Film „Spurlos verschwunden" im Gebein. (Eine Dame verschwand auf einer Autobahnraststätte spurlos, und wurde niemals wiedergesehen.)

An einem Picknicktisch tranken wir Tee und aßen Rehleins köstlichen Kastenkuchen. Gegen 13 Uhr riefen wir die Omi an um zu verkünden, daß wir nach ihrem Mittagsschlummer kämen. Wir freuten uns sehr, daß die Omi so nett gestimmt war, und sich auf uns vorfreute.

Buzens Worte über den Onkel Eberhard traten mir in den Sinn: Wie der Onkel immer versucht habe seine Ehe mit dem bösen Uschilein in ein Schmuck-stück zu verwandeln.

Und nun gelobten auch wir, alles dranzusetzen, den Besuch bei der alten Dame in ein kostbares Schmuckstück für das Schatzkästchen der Erinnerungen umzugestalten, statt ihn so rasch als möglich abzuhaken, wie dies ein normaler Mensch wohl gemacht hätte?

Die dritte Rast legten wir im Rasthof Seesen ein.

In einem weißen Auto saß eine weißhaarige Omi.

Ich wurde übermütig, und erzählte Rehlein, wie diese Omi, die einem gänzlich scharmfreien hessischen Ehepaar gehört, von ihren Besitzern einfach vergessen wurde: Der Mann drückte scharmfrei auf die Fernbedienung ohne sich umzuschauen, und schon war die Omi eingesperrt.

Gemerkt haben die Eheleute dies erst nach dem Mittagessen.

Rehlein und ich nahmen eine Mahlzeit in der Nichtraucherzone ein, doch genau an der Grenze zur Nichtraucherzone, saß ein dumpf vor sich hin-qualmender Herr, und blies den Rauch durch seine schwarzen großformatigen Nüstern in die Schank-stube der Nichtraucherzone hinein, so daß man ihn eigentlich hätte anbarschen müssen.

Ich aß ein Hühnerbein und etwas Tiefkühlgemüse, und Rehlein einen bunten, so jedoch wässrig schmeckenden Salat. Beim Blick durch das Fenster sah man eine arme Frau, die sich mühevoll mit Krücken auf ihrem Lebenspfade bewegte. Mit

Schaudern überlegten wir, wie lange man im Falle eines Beinbruchs wohl hochinvalid wäre?

Kurz nach vier kamen wir in Grebenstein an.

In schönstem Vorfrühlingswetter hurtelte ich zur Frau Wies um den Schlüssel zu holen, und blieb Rehleins Aura sehr lange entsogen.

Zuerst hatte ich nur die von Herrn Hilgenberg gezauberte Frisur in der Sonne glitzern sehen, dann die ganze Frau Wies darunter, und Frau Wies pflegt einen schier unerhörten Plauderschwung in mir auszulösen. Zudem begleitet mich schon seit jeher das Gefühl, all die Worte die Frau Wies so von sich gibt, seien unerhört interessant und aufschreibenswert. Gebannt hänge ich währenddessen an ihren Lippen.

Später am Abend beim Tagebuchschreiben wird mir sodann klar, daß nur der Ton die Musik gemacht hat, so daß man Frau Wies´ Worte wohl eher musikalisch einfangen sollte, indem man sie in eine Symphonie oder Oper einbastelt? Frau Wies trägt ihre Worte derart ausdrucksvoll, fauchend und intensiv vor, daß der Inhalt nebensächlich wird.

Das Gegenüber lauscht dem Klang ihrer Worte.

Erstmals erlebten wir die Omi somit als Ü90erin.

Ich brühte Tee auf, und Rehlein kümmerte sich liebevollst um die Omi, die einen sehr netten Eindruck auf uns machte, zumal sie über und über beteuerte, wie viele liebe Gedanken sie für uns hätte.

Ich war sehr müde geworden.

Auf Art vom Onkel Hartmut bettete ich mich zu einem Willkommens-Umschlummer auf dem Sofa zurecht, und die Worte der Damen versickerten gleichzeitig mit mir in ein Absinken in die nächste Dimension. Einem süßen Schlummer aus dem man am liebsten niemals wieder erwachen würde. Ähnelnd dem Schlummer der Arbeitnehmer und Schüler im Frühzug von Wiener Neustadt nach Wien, in welchem Ming allmorgendlich zur Schule zu fahren pflegt.

Rehlein wäre so gerne noch in die Stadt gegangen, doch Omis bannende Erzählungen über das Evchen, deren Liebe zu ihrem Fitnesstrainer, einer anderen Liebe zu einem welkenden älteren Herrn, der leider schon vergeben ist, - ihren Heiratsannoncen und dem geplanten Selbstmord hielten das gutmütige Rehlein festgezurrt am Tisch in Omis Auren-bannkreis.

Am Spätnachmittag fuhren wir ins nur fünf Kilo-meter entfernte Immenhausen. Während der etwas unangenehmen Autofahrt auf viel zu spilligen Sträßchen erzählte ich Rehlein vom Pfarrer B., der am Telefon einen Eindruck von schier unerträglicher Scharmfreiheit auf mich gemacht habe. Man könne es kaum glauben, daß sich jemand in einer derart spröden Rolle zu gefallen scheint, so ich, und zu diesen Schilderungen mit kaum zu glaubendem Inhalt waren wir an der Kirche angelangt.

Rehlein half mir so engagiert beim Auspacken, da man selnst für solch ein kleines Konzert nach und nach seinen ganzen Hausstand in die Kirche schleppen muß.

Zirka 29 Hörer hatten sich herbeibemüht, und ich als Vortragende rang um große Genialität, auch wenn ich immer Angst habe, meine *scheinbare* Genialität, oder zumindest die Fähigkeit Genialität vorzutäuschen, könne so nach und nach verpuffen, da es keinesfalls selbstverständlich ist, daß sie bei einem bleibt. Dies vermute ich, und ziehe diese Vermutung aus Geschichten über Buzens *lang verstorbene Önkel Karl und Hartmut, die sich beide drauf verstanden hatten, höchst anrührend auf der Violine zu spielen. Als dann aber ihr Neffe Buz geboren war, schienen die Feen, die einem Frischankömmling auf Erden mit einzigartigen Gaben zu bedenken pflegen, denn Onkeln einfach ihre Genialität entzogen zu haben, auf daß sie dem kleinen Kinde zugute käme?*

Zwar spielte man mit der gleichen Inbrunst wie früher, doch das Spiel berührte die Lauschenden nicht mehr.

Sogar unsere entfernten Verwandten, das Ehepaar Nebel war gekommen, das hernach bei uns in der Stube saß.

Gemeinsam tranken wir Tee, und bald kam eine Atmosphäre auf, als befände man sich in der Wirtsstube.

Ich selber mußte leider noch so viel ins Tagebuch schreiben, und bekam die kleine Symphonie, die sich nun am Tische entspann, nur am Rande mit.

Zuerst erzählte man einander harmlos empörende Anekdoten über Schulnoten. Aber als der N. mal „Fremdarbeiter" sagte, bekam ich ein wenig Angst, er könne wegen diesem häßlichen Ausdruck mit dem couragierten Rehlein politisch aneinanderschrammen – doch gottlob geschah nichts.

Samstag, 15. Februar

Grau. Sanft eingezuckert

Ich schlief so unglaublich tief und gut, doch am Morgen klingelte jener runde, türkisfarbene Wecker, den ich gestern noch in die Küche verbannt hatte auf aufdringlichste und wüsteste Weise. Ein schnarrendes heiseres Geräusch wie aus der Kehle eines zu verdursten drohenden Menschen. Es handelt sich dabei um einen Wecker für Langschläfer, der einfach keine Ruhe geben will. Man schaltet ihn verzweifelt ab, und nach drei Minuten tönt er von vorne los!

Rehlein war ganz ratlos, weil die Omi ihr kleines quietschendes Radio eingeschaltet hatte, dem Rührlöffelmusik entquoll, und die Wohnung bis in den letzten Winkel durchdröhnte.

Rehlein als Mutter war so überaus entsetzt, weil ich am Abend doch ein Konzert habe, und nun so abscheulich von Wecker und Dudelmusik meines Bettbehagens entrupft worden war.

Rehlein beharrte darauf, daß ich mich nochmals ins Bett lege, und tatsächlich verfiel ich bald schon in einen Schlummer und träumte: *Daß um 16 Uhr in der Musikhochschule die Senatssitzung lostoben würde. Die ersten übereifrigen Kollegen hörte man bereits durch die Flure heranrumoren. Doch man wußte ja, daß sich Herr Reimer, der auf Art vom heilgen Petrus den Schlüsselbund bei sich zu tragen pflegte, ständig verspätete. Man stand somit eine gefühlte Ewigkeit vor dem geschlossenen Senatsraum.*

Nach einer Weile machte sich Massenempörung breit.

„Wir stehen uns hier die Beine in den Bauch!" rief die verruchte Blockflötenprofessorin, der man eine kurze aber leidenschaftliche Affäre mit Herrn Reimer nachsagt, laut, kiebig und gleichsam klischébehaftet in den Raum hinein, und somit lief die Gruppe der eifrigen Kollegen durch den Frisiersalon nebenan wieder hinweg. Im Traume sah die Musikhochschule aus wie ein Flughafen, sprich: Mit Juweliergeschäften und derartigem angereichert.

„Du hast mir die Augen geöffnet!" sagte Rehlein vieldeutig, und setzte sich an Omis Bett.

Währenddessen erhob ich mich erneut.

Wenig später ging Omis hartnäckiges dünnes Stimmchen los: „Frau-zis-ka!!" Die Omi rief es viermal, doch ich stand bereits nach dem ersten Ruf dienstbeflissen in der Türe, fest drum bestrebt dem Aufsattelungszeremoniell mit Freude und Frische entgegenzutreten. Ich stellte mir vor, eine engagierte Altenpflegerin zu sein, die dererlei den ganzen Tag, und hinzu fast das ganze Leben lang betreibt – nämlich so lange, bis sie selber auf freundliche Altenpfleger angewiesen ist.

Später setzten wir uns zu einem gemeinsamen Frühstück zusammen.

Die geschmackvolle, blaugemusterte Teekanne aus edelstem Fürstenberg-Porzellan stand auf dem Stövchen. Zarter Dampf entschwebte dem geschmeidig in die Höhe gebogenen Kannenrüssel, und gebannt lauschten wir Omis Erzählungen.

Geschichten, die lange zurückliegen, wurden inmitten des Frühstücksbehagens wieder aufge-wärmt.

Wir erfuhren, daß Omis Vater in einer Hinsicht sehr streng war: Er hatte drei Töchter, von denen die beiden älteren leider sehr unreif waren, und zu später Stund´, wenn sich allgemeines Bettgangsbestreben ausbreitete, lieber das Tanzbein geschwungen hätten.

Doch der Vater untersagte ihnen streng, abends auszugehen.

Mit der Mutter, die etwas weicher war, ließ sich indes verhandeln, und die Mutti gelobte, den Schlüssel irgendwo hinzulegen, so daß sich die beiden jungen Fräuleins nach dem Tanzgenuss zu später Stund´ wieder ins Haus zurückschleichen konnten.

Vor seiner eigenen Nachtesruh´ pflegte der Vater allerdings noch eine Kontrolle durchzuführen, und stellte sich in den Türrahmen um eine Zählung durchzuführen.

Die Omi, mit ihren elf Jahren die Jüngste im Reigen der drei Töchter, war von ihren beiden Schwestern gut instruiert worden.

„Marie??" polterte der Vater in das unbeleuchtete Dreibettzimmer hinein.

„Ja-ha!" die Omi bemühte sich um den festen Klang der Stimme eines 16-jährigen artigen jungen Dinges!

„Anna?"

„Ja-ha!"

Doch die damals noch so jugendfrische Omi bibberte unter der Bettdecke, ob der Schwindel wohl auffalle? Gottlob pflegte der sparsame Vater das Licht nicht anzuknipsen, und entfernte sich stattdessen in seinen Pantoffeln.

Nach seiner Jüngsten, Ella, frug er nicht weiter, weil die ihm noch viel zu jung für den Tanzschuppen schien.

Die Omi war ihren Schwestern so dienlich!

Wir kehrten in die Gegenwart zurück, und sprachen wir über Literaturen, da die kultivierte Omi z.Zt „Die Brüder Karamasow" hört. Das Buch gefiel ihr so lange gut, bis einer der beiden Brüder unter Verdacht geriet, den Vater ermordet zu haben. Da gefiel es ihr nicht mehr so gut.

Wir sprachen auch noch über Buzens Spezi, den Yossi, der von der Omi ganz grauslig gefunden wurde. Ein junger Mann, der sich selber in den Mittelpunkt des Weltgeschehens stellte, sich für ein Genie hielt, und nicht das leiseste Benehmen zeigte.

Durch diese Worte aus dem Munde einer überreifen Dame fühlte Rehlein sich ermuntert, Buzgeschichten zu erzählen. Beginnend mit den

Jahren in Bühlerthal, wo der süße Buz einfach seine Spezis bei sich aufnahm, während es das junge Rehlein doch so sehr gedürstet hat, endlich mit dem vielbesungenen Familienleben loszulegen. Und was hatte Rehlein für großartige Pläne! Sie wollte Buzen den Rücken freihalten, ihn bekochen und verwöhnen, auf daß er Zeit hätte, Violine zu üben, und der größte Virtuose aller Zeiten zu werden. Dann wollte Rehlein ihn auf seinen Konzertreisen auf der ganzen Welt begleiten, Streichquartett spielen – und uns Kindern die schönsten Geschenke aus fernen Ländern mitbringen. Doch die Spezis fraßen Zeit und behinderten Buz beim üben.

Wenn Buz morgens Brötchen holte, so glaubte er, ein Drittel zum Haushalt beigetragen zu haben.

Nach dem Frühstück besuchten Rehlein und ich verschiedene Läden. Grebenstein war sanft einge-zuckert, und ich fühlte mich dem süßesten Rehlein so nah.

Jener Laden links neben dem Eiscafé auf dem Marktplatz sah unglaublich aus: Wie ein Laden, der am Vermüllungssyndrom leidet: Die Schulhefte beispielsweise stapelten sich bis unter die Decke.

In der BILD kannte man lesen, daß der Prof. Brinkmann eine Blitzhochzeit mit seiner neuen Freundin Sabine auf Hawaii plant. Einer Dame, die im Reisebüro arbeitet.

Der meist besungene Pleitier!

„Wo will er denn das Geld her nehmen?" fragen sich die BILDleser.

Daheim kochte Rehlein genau jenes Gericht, über das die bang auf dem Pfade der Gewohnheit zu bleiben bestrebte Omi bereits gesprochen hatte: Rosenkohl, Kartoffeln und Hackfleisch, und ich las einen sehr warmen und langen Brief vor, den die Susi ihrer Omi zum Geburtstag geschrieben hatte. Abkadenziert mit folgender Wortgirlande:

„Deine Lieblingsenkelin Susi!"

Nach dem Mittagessen freuten wir uns auf Buz vor.

Buz ist dann auch bald gekommen, nachdem wir die Omi zu einem Schlummer hingebettet hatten.

Heute sollte uns meine Konzertreise nach Habichtswald-Ehlen führen, wo wir bereits um 16 Uhr beim Pfarrer Schnoor zu Kaffee und Kuchen erwartet wurden.

Doch Frau Wies, die ansonsten Obacht auf die Omi zu geben pflegt, schien mir am Telefon etwas ungehalten, da sie doch auf eine Geburtstagsfeier strebte.

Ich bereitete die Omi darauf vor, wie es wohl kommen könne: *Daß ihr Frau Wies in ruppigen Bewegungen und mit schlechter, schwefelgelber Laune befüllt die Schuhe zubindet.*

„Joi, joi, joi! Das ist aber eine schlechte Stimmung!" sagt die Omi.

"Es hat nichts mit Ihnen zu tun!" versichert Frau Wies — aber strenggenommen hat es ja indirekt doch etwas mit der armen alten Oma zu tun, denn wenn sie dort läge, wo sie seit etwa vier Jahren hingehört, so könnte Frau Wies die

Geburtstagsfeier besuchen, in die sie große, unbestimmte Hoff-nungen hineingesetzt hat.

Bevor wir zum Konzert aufbrachen, bekam die Omi einen Rappel und wurde unerhört nervös. Die Angst, Frau Wies könne nicht zu ihrem Wort stehen, und statt dessen doch zur Geburtagsfeier gehen bepustete die Omi aus hohngeblähten Wangen.

*****

Wir besuchten den Geistlichen, Herrn Schnoor, einen leicht an JESUS CHRISTUS erinnernden Herrn, der mir zunächst ein bißchen zu ernst schien, als daß man sich bei ihm hätte wohlfühlen können?

Wie Wandersleute hieß er uns willkommen.

Den Tisch hatte er in jenem schönen Raum für die Firmlinge gedeckt, in welchem sich gar eine Notenlinientafel an der Wand befand, auf der einige Noten aufgemalt waren.

Ich hatte gemeint, daß Buz und Rehlein sich eine kleine Wanderung auf dem Dörnberg gönnen würden, während ich noch eine Weile lang in der Kirche übe und mich in der einschnurrenden Zeit rasch zu verbessern suche. Doch nach kürzester Zeit sah man die Eheleute bereits wieder etwas windverblasen auf´s Gemeindehaus zuschreiten.

Rehlein mit dem grauen Milleniumshaarband „2000" hatte so eine süße Frisur, fand ich.

Extra mir zu Ehren stellte man einen Podest in der Kirche auf, damit man mich als Interpretierende zur Gänze bestaunen konnte

Nach dem Konzert schenkte mir Pfarrer Schnoor Pralinen und eine Zeichnung von der Kirche, die schon seit vielen Jahrhunderten unverrückbar wie ein Fels in der Brandung in Ehlen steht. Eine Zufluchts- stätte für Verirrte, Einsame, Schicksalsgebeutelte und Suchende...

Sonntag, 16. Februar

Bleich bewölkt. Leicht verkrusteter Schnee

Ich erhob mich früh, und stand bei Omis erstem Hahnenschrei bereits dienstbeflissen im Türrahmen.

"Moment noch, Omi!" sagte ich. "Ich muß rasch meine Kontaktlinsen aufstülpen, damit ich dich besser sehen kann!"

„Biddö?"

„Und du solltest Dein Hörgerät einschalten, damit du mich besser hören kannst!"

Im Bad jedoch ereilte mich Onkel Eberhards seltsames Leiden, das zwar weltweit einmalig sein dürfte, so jedoch auch in meiner Erbmasse angelegt ist, und zuweilen einfach in lustvoller Bosheit ausgepackt wird: Die Zeit, die ansonsten unbarm- herzig vor sich hinrinnt, stand mit einemmale still. Nichts bewegte sich mehr. Der Moment war festgefroren.

Eine Weile lang geschah gar nichts in meinem Leben. Beim Onkel Eberhard dauern diese Momente, die anderen überhaupt nicht auffallen, bisweilen 24 000 Jahre lang, und bei mir – toi toi toi! – „nur" so etwa 5-7 Minuten.

Doch bleiben diese eigenartigen 5-7 Minuten wirklich zur Gänze unbemerkt, wie ich noch kurz gehofft hatte? Denn als ich nach Ablauf dieser Zeitspanne an Omis Bett trat, sagte die Omi: "Das hat aber gedauert, Mädchen! Ach du Heiland!"

Dem Sinne nach: „Das kann ja heiter werden. Wie stellt sich das Mädchen dies wohl für die Zukunft vor?"

Als die Omi endlich tagesgesattelt war, stand das 21 malige Umrunden des Tischs auf dem Tagesplan. Ich stellte mir vor, wie lange diese Strecke wohl aussähe, wenn man sie zu einer Geraden auseinaderfaltet, und kam auf knapp einen Kilometer.

„Jetzt schicken wir die Omi in die Umlaufbahn!" rief ich stimmungserhellend.

Wie ich schon geahnt hatte, war Buz im Banne dreier Damen zu denen die Wellenlänge nicht so recht passen will, auf die B-Seite hinabgerutscht. Man hätte einen Spezi Buzens herbeitelefonieren müssen, und schon wäre die Stimmung wieder gut gewesen, wußte ich. Doch auf die Schnelle ließ sich niemand herbeitelefonieren.

Buz auf der B-Seite hat mit jenem auf der A-Seite praktisch gar keine Gemeinsamkeit.

Innerhalb dieser Familienkonstellation verwandelt sich Buz in den „Löffler Erwin" aus Gerhard Polts Film „Man spricht deutsh". (Einen mürrischen Zeitungsleser, der auf nichts eingeht, was man ihm sagt.)

Einmal fünschte er verärgert auf, da Rehlein und Omi im Duett einfach über ihn psychologisierten – so, als sei er gar nicht da.

„Jetzt kommt noch die Geschichte von der Paulette und der Amrei!" weißsagte er geödet. Dann imitierte er mein Schmatzen, indem er den Mund auf Karpfenart und hinzu mit schmatzendem Beiklang geräuschvoll träge auf- und wieder zuklappte.

Ich fühlte mich wie ein leicht übergewichtiges Kind das in seinen Stuhl am Frühstückstische hineingeschraubt, gefangen in hessischer Familienidylle, in den Fokus der Mißbilligung gerückt wird, und wenn man Buz so erlebt, wagt man kaum zu hoffen, daß sein Dopaminspiegel bald wieder steigt?

Am Vormittag war die Omi, obwohl im Grunde süß, auch ein wenig beharrend. Ständig sprach sie davon, daß wir gestern irgendetwas nicht gescheit hinweggeräumt hätten.

Buz hatte Omis laut tickenden Wecker einfach in sein Auto gesperrt, und als ich der Omi erzählte, daß selbiger gestern in der Früh laut und aufdringlich aufgeschrillt war, und Rehleins Morgenschlummer aufs Empfindlichste molestiert hat, sagte die Omi geradezu ungehörig beharrend: „Ach, Unsinn!" so daß Rehlein im Nebenzimmer ganz konsterniert war, und innerlich Parallelen zu einem „gewissen Jemand" (Buz) zog.

Wenig später blätterte Rehlein engagiert in Opas „Alternativer Bibel", weil die Omi etwas vom David vorgelesen haben wollte.

Nach einer Weile wanderten Rehlein & ich auf den Burgberg, und ich genoss das süßeste Rehlein so unendlich! Rehlein als diffus verliebte reife Ehefrau hoffte natürlich immer darauf, daß Buz uns folgt, so daß sie sich immer umdrehen mußte. Doch Buz schaute daheim einen Film über Helene Grimraux – eine Pianistin, die von mir nicht allzu sehr geschätzt wird, da sie meine Lieblingsphrase im letzten Satz von Schumanns Klavierkonzert so nüchtern herab-zufingern pflegt wie ein holsteinisches Naturell.

„Was soll sie denn um Himmel Willen anders machen?" frug Buz genervt. Doch ich beschloss, Buzen eine Freude zu bereiten, und sagte rasch: „Sie spielt natürlich sehr schön. Ich glaube jedoch, daß die Hilde es mit etwas Fleiß ebensogut hinbekom-men würde!"

Buz packt in Grebenstein stets so ein Engegefühl, und es zieht ihn wieder weg.

Ich stellte mir vor, *wie Buz auf dem Eis ausrutscht, sich ein Hüfträdchen und hinzu noch den Oberschenkelhals bricht, und nun völlig unerwartet die nächsten Wochen erstmal im Kreiskrankenhaus Hofgeismar als Zimmergenosse von Hans Neubauer* verbringen muß. Und wie sich Edith und Rehlein mit den Besuchen abwechseln.*

*Omis Nachbarn, der derzeit im Spital eingeknastelt ist

Die Omi erzählte, daß sie sich unlängst nur ein ganz kleines bißchen mit der Grippe angesteckt habe, die bei ihr somit wesentlich glimpflicher ablief als bei Frau Wies.

Erneut wanderten Rehlein und ich den Burgberg hinauf, und besuchten die Burg.

Die Innenwände hat man mit einem imposanten Stiegenkorselett aus Eisen ausgekleidet, und wir stiegen darauf in die Höh´, um von oben aus auf Grebenstein hinabzublicken.

Die Innenstadt mit den roten Dächern schaute so schön aus, und sogar unser Haus, in welchem Buz mit seiner alten Mutter vor dem Bildschirm saß, konnte man ausmachen.

Daheim kochte Rehlein Zwirbelnudeln und Pfannengyros. Buz war etwas besser gestimmt, und scherzte übermütig, daß die Omi heut dran sei mit Spülen!

Die Omi sagte so goldig: „Warum macht er sich über mich lustig?" Da war Buz tief beschämt. In einem Beschämungsschwapp tauchte er aus dem Sumpf übelster Laune eines grämlichen alternden Herrn wieder empor, und bestempelte Omis Gesicht mit vielen lieben kleinen Küßchen, die die Omi wieder froh stimmten.

Am Nachmittag spazierten Buz & Rehlein nochmals hinweg. Ich aber schmiegte mich an die Omi, so daß sich an diesem schönen Anblick, den wir zwar boten, der jedoch unbesehen blieb, zumindest *er*sehen ließ, daß man es auch im höchsten Alter noch schön haben kann, wenn man rechtzeitig für Nachwuchs gesorgt hat.

Ich beplauderte die Omi über Buzens Sogwirkung auf andere Menschen, und geriet dabei ein wenig ins Fabulieren, indem ich, wie bei reifen Frauen üblich, ein wenig übertrieb: Wenn Buz, so wie einst Beethoven, durch die Wälder spaziert, um sich durch den Gesang der Vögel inspirieren zu lassen und feinen Gedanken nachzuspüren, so fragen ihn entgegenkommende Gassigänger zuweilen: „Haben Sie etwas dagegen, wenn ich mich Ihnen anschließe?"

Wahr jedoch ist, daß sich die Hunde Buzen gerne anschlössen. Sie ziehen die Leine bis zur Schmerzesgrenze in die Länge, um Buzen besser kennen zu lernen.

Fast hätte auch ich heute einen Mittagsschlaf abgehalten. Ich murmelte mich auf dem Sofa zurecht, und zunächst wäre es auch ganz leicht gegangen. Doch dann kehrten Buz und Rehlein zurück, und nun konnte ich nicht mehr einschlafen.

Ich bat Buz, mir das Portugal-Video zu schildern, doch von Buzens Schilderung mußte ich so lachen, daß ich nicht mehr einschlafen konnte, und sogar munter wurde. Ein Gefühl, das einem durmelig veranlagten Menschen in Jahren nicht zu begegnen scheint.

„Ein Nashorn!" rief ich wenig später verzückt aus, so daß man hätte meinen können, ich sei plötzlich debil geworden – doch ich hatte tatsächlich ein holzgeschnitztes Nashorn gefunden, das mich an jenes sympathische Nashorn mit Namen „Jimpange" erinnert hat.

Rehlein hatte Tee aufgebrüht – doch nun stand man bereits mit einem Fuße vor der Abreise nach Heckershausen.

Herr Hoyer, ein kantiger, verwitterter Herr vom Kirchenvorstand hatte bereits auf uns gewartet.

Über ihn hatte ich bereits zu erzählen gewußt, daß er sich so familiär anfühle, als habe man ihn schon immer gekannt – und so war es auch!

Herr Hoyer bereitete uns einen köstlichen Früchtetee zu.

Hernach gönnten Buz und Rehlein sich wieder einen ehelichen Spaziergang, und die Kirche sollte bis zur Abendvorstellung „mein Reich" sein.

Viertelstündlich loste ich aus, was zu tun sei: Üben (ungerade Zahl) oder dichten (gerade Zahl), und je freute mich beides, da man auf diese Weise auf zwei Strängen voran kam.

Einmal kehrte Rehlein zurück, und war so plauderfreudig, da sich das, was wir der Omi spaßeshalber über Buz erzählt hatten, nur bestätigt hatte. Daß Buzens Sogwirkung auf andere Menschen so riesengroß sei, als sei Buzens Aura frisch vom Aurasauger besaugt worden, und tatsächlich hatte sich Buz mit einem älteren Herrn festgeplaudert. Einem leicht verbitterten, überengagierten, an Loggoröh laborierenden Herrn, der sich so viel von der Seele reden mußte, und vom hundertsten ins tausendste geriet.

Dieser Herr hatte allerdings so großartig Werbung für das abendliche Konzert betrieben, daß die Kirche ziemlich voll wurde.

Getragen von der wohltuenden Anteilnahme des Publikums, spielte ich hervorragend, und empfand die Musik auch sehr tief.

Hernach waren wir noch bei der jungen Pfarrers-gattin Frau D. zu Gast. Einer propperen, bebrillten, zirka 32-jährigen, leider nicht sonderlich lebhaften Frau. Eher einem Hefeklostypus, der sich passiv durchs Leben treiben lässt, und Dinge sagt wie beispielsweise: „Das müssen Sie wissen!" ← (Die höfliche Variante vom unschön klingenden Passus „Das ist Ihr Problem!"…aber eigentlich ohne Ausrufezeichen am Ende)

Auf dem Sofa saß Herr Hoyer, und wirkte seinerseits etwas hölzern und still.

Serviert wurde eine Käsebrotzeit mit Wein, garniert mit knusprigen kleinen Salzbretzeln, die für Freude und Behagen sorgte. Buz und Rehlein wurden äußerst plaudersam, und erzählten von ihren Abenteuern in Fernost, während mir selber leider nicht so viel einfiel, da ich mich offenbar von der hefeklosartigen Ausstrahlung der Dame des Hauses hab anstecken lassen. Der Geistliche selber – ein reifer Herr, der bereits drei erwachsene Kinder aus einer früheren Ehe hat, war aushäusig. Mehr als das: Er war nach Indonesien gereist, wo man demnächst für fünf Jahre hinziehen möchte, so daß ihm die wenig lebhafte neue Frau für diesen aufregenden Abschnitt seine Lebens wohl wie gerufen kam, da sie ein Frauentypus jener Art ist, der keine großen Widerworte zu machen pflegt, und sich wie selbstverständlich im Schlepptau ihres Mannes durchs Leben schleifen lässt.

Montag, 17. Februar

Sonnig hell. Schneeverkrustet

Am Morgen erhob ich mich notgedrungen zu meiner ehrenvollen Tätigkeit, die Omi für den Tag zu satteln und zu schmücken. Einer Aufgabe, an die ich mich in einer gewissen Ergebenheit schon gewöhnt habe. Mich dabei fühlend wie die Pfarrfrau D., die wohl kaum große Widerworte drum machen würde, wenn man eines Tages die greise Schwieger- mutter zu sich nähme, und die Moribundenaufzucht - na, „Aufzucht" kann man da wohl leider nimmer sagen - aber der Leser versteht´s? - an ihr kleben bliebe?

Rehlein und Buz wiederum erhoben sich in jenen Tag hinein, wo es den stringenten Buz wieder in seine Oase Trossingen hinfortgesogen hat.

Über Trossingen wird oftmals gehohnlächelt, daß dieser Ort ein Kuhdorf sei – doch das stimmt nicht.

Trossingen ist ein winziges Eck Shanghai, ein herausgesägtes Flickerl einer pulsierenden Weltstadt, das man zwischen Rottweil und Villingen hintransplantiert hat.

Mit einer stringenten und internationalen Bevölkerung wie auf dem Flughafen einer Weltstadt, und der ursprünglich ortsansässige „Dro´ssinger* Schwooob" ist zu einer Minderheit zusammengeschrumpft.

*Das „Dro´ssinger" schreibe ich aus jenem Grunde so, weil das Trossinger Schwäbisch ein wenig klingt, als habe man einen Schluckauf.

So bezaubernd das Schwäbische vielerorts klingt – das Trossinger Schwäbisch ist für das Ohr kein Genuß.

Als die Omi wieder in ihre Umlaufbahn entsandt wurde, wackelte Buz zwar hinterher, las dazu jedoch auf pubertäre Weise in der Zeitung.

Beim Frühstück sprachen wir Damen über Beerdigungen, und ich wunderte mich ein wenig über Buz, dem es gar kein Herzensbedürfnis schien, die verbliebene ausrieselnde und absehbare Zeit mit seiner alten Mutter auszukosten? Stattdessen saß er bloß so da, und las auf autistisch absorbierte Weise in einem Thriller mit dem Titel „Die kalte Hand des Grauens".

Einmal allerdings erbarmte sich Buz, und geleitete seine alte Mutter zum Häusl, so daß die Omi eine Weile lang aus unserem Leben hinfortgeblendet war.

Augenblicklich hatten wir drei Hinterbliebenen das Gefühl, jemand aus unserer Mitte fehle. Es breitete sich eine gewisse Beklommenheit aus, die sich erst wieder legte, als ich die Omi wieder herbeischob.

Theoretisch hätte auch ich heut bereits weiter-
ziehen können, doch mein Gepäck hatte sich derart
unübersichtlich in der Wohnung verteilt, daß mir die
Aufgabe, zusammenzupacken mit einemmale uferlos
schien.

Der Gedanke, meiner Eltern entrupft plötzlich
gänzlich aurenausgekühlt (versteht man dies selten
zu lesende Wort?) dazustehen, hatte etwas unerhört
kneippiges. Grad in dem schönen Sonnenwetter, das
herrschte.

Mein Arm schmerzte auf rheumatisch süßliche
Weise, und so wurde Buz losgesandt, in der
Apotheke eine Wundersalbe mit Namen „Mobilat"
zu kaufen.

Rehlein packte emsigst herum, und ließ die
Haustüre offen. Da sah man plötzlich einen erho-
benen rostroten Puschelschwanz in unsere Wohnung
hereinrauschen. Die Katze beehrte uns. Ich war
entzückt. Behende und auf samtenen Pfötchen
sprang sie aufs Fenstersims, und musterte uns auf
eine Art, die mich an die Tante Uta erinnerte, und
aus der man nicht so ganz schlau wird: Einer
seltsamen Mischung aus Mißbilligung, der leichten
oberflächlichen Erheiterung eines alternden Menschen, und Gleichmut.

Die Omi Mobbl in mir kam zu Wort, indem ich es
kaum erwarten konnte, was Rehlein wohl gleich zu
der Katze sagt?

Ich stellte mir vor, *wie ich nebenan bei der Schröderschen
klingel´, und die Schrödersche trotz eines hastig aufgesetzten*

fragenden Lächelns ihre Unwirsche kaum verbergen kann, da sie wie alle Frauen in dem Alter grad zwischen Küche und Kochtopf hängt. Doch überraschend sage ich: „Darf ich Ihnen Ihre Katze abkaufen? Ich habe 829 € gespart. Ob das reicht, weiß ich natürlich nicht. Eventuell legt meine Omi aber noch was drauf!" Davon wird die Schrödersche rückwirkend sehr nett, denn soviel ist die Katze beileibe nicht wert.

Um die vorangegangene leichte Unwirsche im Nachhinein zu plätten oder gar ungeschehen zu machen, plappert sie ganz viel, und gerät direkt ins Philosophieren darüber, wie wertvoll so ein Tier für eine alte Dame wäre. Sie schenkt mir sogar die angebrochene Schachtel mit dem Katzenfutter noch dazu!

Später klingel ich nochmals und frage, ob wir die Katze auch umbenennen dürften? - „Natürlich".

Zur Zeit bin ich im Besitz von unendlich vielen zehn-€uro Scheinen, die mir die Konzertbesucher gespendet haben.

Für den kleinen Hendrik in Aurich wäre ein zehn-€uro-Schein unerhörter Reichtum. *Er würde ihn in einen Kasten legen, und müsste dauernd Angst haben, daß seine kleine Schwester ihm den Schein stibitzt, und eine Unschuldsmiene aufsetzt.*

Schweren Herzens verabschiedeten Omi und ich uns von Buz und Rehlein, und nachdem ich die Omi zu ihrem Mittagsschlummer hingebettet hatte, lief ich zur „Deutschen Eiche", um mir einen köstlichen Eisbecher zu gönnen.

Eine Enttäuschung für mich. An der Himmelspforte auf Erden stand zu lesen:

"Dieser Betrieb ist bis auf weiteres geschlossen!"

Also besuchte ich das Hochzeitscafé gegenüber, wo ich der einzige Gast war und blieb.

Um mich herum war jedoch ein großer Tisch für eine Seniorenfeier gedeckt.

Wieder zeigte sich der hohe Mittelmäßigkeitsgrad dieses Cafés. Ich trank nur einen normalen Kaffee und aß ein labberiges Stückchen Schmandkuchen mit einem schuhsohlenartig zähen Boden.

Nach dem Caféhausgenuss begab ich mich auf eine kleine Wanderung zum Friedhof, der mir so karg besät vorkam.

Heute entdeckte ich jedoch, daß es hinter der Friedhofskapelle noch allerhand zu sehen gibt.

Bald schon fand ich einen modrig schmuddelweißen, fast schlaksig und gekrümmt aussehenden Grabstein, der nach Art eines pubertierenden Schülers leblos und lebendig in einem wirkte.

Das Grab der verstorbenen Familie Suchier, einer auch in der Erinnerung lang vermoderten alten Grebensteiner Familie, deren Mutter „Frau Suchier" einst zu Omis oberflächlichen und doch tiefgehenden Bekanntschaften zählte:

Man mochte einander nicht besonders, gehörte jedoch zum näheren Bekanntenkreis und lieferte Anekdötchenmunition, mit der man seine Gäste auf sanft witzelnde Weise beschießen und erheitern konnte.

Historische Erinnerung aus dem Jahre 1976

Frau Suchier = für uns Kinder schon damals um die hundert Jahre alt = über Omis angebrochene Packung „After eights" in der Stube:
„Haben Sie da ein Abführmittel stehen?"

Auf dem Heimweg begegnete ich überraschend Frau T., der Witwe des viel zu früh verstorbenen Stadtmusikus von Grebenstein.

Frau T. wirkte fröhlich und aufgeräumt, da sie sich mit ihrer Freundin Karin J. zu einem verspäteten Sonntagsausflug verabredet hatte.

Ich erfuhr, daß Frau T.s Schwiegermutter, 84 Jahre jung, in die Psychiatrische eingewiesen worden war.

„Was fehlt ihr?"

„Ihr fehlt der Sohn!" meinte Frau T. ‚und dabei sei das Verhältnis zwischen Mutter und Sohn alles andere als innig gewesen!

„Um so schlimmer!" möchte der psychologisch Geschulte hier an dieser Stelle voll Mitgefühl ausrufen.

Wieder einmal war ich froh, daß ich meine Vorfahren wie Heilige zu behandeln pflege, und „so wie Du sie behandelst, so behandeln sie dich zurück"
(amerikanische Lebensweisheit)

Am Nachmittag saß ich im Eiscafé und las meine chinesische Familienchronik "Fallende Blätter" weiter. Ich saß am Fenster, und schaute in den Sonnenschein hinaus. Dann lief ich heim zur Omi.

Die Edith vor dem Hause steckte mir, daß die Omi schon ganz aufgeregt sei, und sich verzweifelt frägt, wo ich wohl stüke?

Ein bißchen mußte ich damit rechnen, daß die Omi zu meinen kümmerlichen Versuchen, meine Aushäusigkeit mit unmutsplättenden Worten zu erklären, beschämende Wortgeschosse wie diese hier auffährt: „Ach, ist doch gar nicht wahr!" und nicht einmal unrecht damit hätte. Und somit freute ich mich sehr darüber, daß wenig später die Edith zum Tee erschien.

Die Edith brachte schwammartige Eierlikörtörtchen mit.

Man sprach darüber, daß Ediths Mann Hans, 71 Jahre alt, z.Zt. wegen Wasser in der Lunge im Spital liegt, so daß man realistisch mutmaßen darf, es ginge mit ihm womöglich bald zu Ende? Der Hans braucht immer einen gewissen Bierpegel in seinem Blute, doch das Spital unterstützt diesen angeblich pseudomedizinischen Unsinn nicht.

Er liegt in einem Sechserzimmer zusammen mit fünf hessischen „Schmeckefüchsen", die ebenfalls aus verschiedensten Gründen heraus um ihr Leben bangen müssen.

Draußen sah so schön aus, als wolle der Sommer einkehren.

Mein kranker Arm tat den ganzen Tag weh, und eine Besserung ist zur Stunde nicht in Sicht.

Dienstag, 18. Februar

Grebenstein – Aurich

Gestern abend war ich so müde.

Ich warf mir drei Baldrianpillen ein und stieg, erschöpft vom Leben, in mein Bettgehäuse im Teezimmer, um in verdrießliche Traumwelten abzusinken:

Einmal blickte ich in den Spiegel und bemerkte, daß ich eine ganz dicke, wie aufgepumpt wirkende Nase bekommen hatte, die einen ganz fassungslosen Ausdruck im Gesicht nach sich zog...

Heute hätte ich mich eigentlich um sieben Uhr erheben sollen, doch ich kroch mit schlechtem Gewissen ins Bett zurück, und bangte vor Omis eventuellen Schelten – auch wenn man dem Grimm der alten Dame vielleicht mit einem auflockernden kleinen Scherz begegnen sollte?

„Mit seinen stumpfsinnigen Ritualen und dem seltsamen Bestreben, die Tage mögen einander gleichen wie Eier, macht man sich das Leben oft unnötig schwer", bildet sich so manch junger unbekümmerte Mensch ein, einem lebensgegerbten Senioren Lebensrestgestaltungskunde erteilen zu müssen.

Aber wir werden uns noch wundern, wenn eines Tages das Alter auch nach uns greift, und ein unaufhaltsamer Verwelkungsprozess einsetzt.

Eingeschlafen bin ich nicht mehr.

Vor dem Bettgang gestern hatte die Omi noch so insistent darauf beharrt, daß die Frau Wies jaaa kommen solle, und dabei hatte ich doch schon vermeint, der lieben und tüchtigen Frau eine kleine Freude bereitet zu haben, indem ich den Mund dahingehend offenbar zu voll genommen hatte, daß sie nicht zu kommen brauche.

Nun trat ich an Omis Bett und bot an, selber mit der Zurechtsattelei zu beginnen, um der Frau Wies eine Freude zu machen. Doch die Omi duldet Abweichungen dieser Art aus dem fest etablierten Alltagstrott nicht, und so kam Frau Wies nach einer Weile doch, und hatte gewiss bereits grollende Gedanken gegen mich aufgetürmt?

Mir war es so peinlich, zumal Frau Wies keinen Sensor für verbale Bücklinge zu haben scheint?

Sie sagt Dinge wie: „Nutzt doch nichts!" und geht nicht auf meine Entschuldigungen ein.

Als Begründung, daß nun doch nach ihr gesandt worden war, sagte die Omi einfach über mich: „*Es* hat einen wehen Arm!" und dann fügte sie auch noch hinzu: „Ob Sie es glauben oder nicht!"

„Was meinen Sie, wenn ich Ihnen alles aufzählen würde, was *mir* weh tut!" brummte Frau Wies übellaunig. Über einen wehen Arm kann die hart geprüfte Frau Wies eigentlich nur hohnlachen, doch sie tat´s aus Höflichkeit denn doch nicht, und lachte stattdessen nur ganz kurz trocken auf.

Frau Wies hatte sich heute Blut abzapfen lassen wollen. Etwas, das sie wegen ihrem Schilddrüsenleiden alle vier Wochen tun sollte, doch „dank" unserer Omi kam sie schon seit acht Wochen nicht mehr dazu, und wenn die Prognosen stimmen, dann schafft sie es auch in den nächsten zwanzig Jahren, sprich in diesem Leben, nicht mehr.

Beschämt packte ich mein Gerümpel zusammen um abzureisen, doch zuvor werkelte ich noch ein wenig in der Küche herum. Stellvertretend für die leicht vergrätzte Frau Wies hörte es sich an, als wolle man ein paar Deckel aufeinander hauen, um Fleiß und Eifer vorzutäuschen.

Von der Ferne hörte ich, wie die Omi der Frau Wies erzählte, wie es gestern ganz fürchterlich gewesen sei mit meinen Eltern.

Später, als sich die Oma in ihrer Umlaufbahn um den Tisch bewegte, strahlte sie leider schon von hinten einen hohen Grämlichkeitspegel ab.

„Die soll stille sein!" sagte sie herzlos über mich, als ich etwas sagte, „ich bin ganz nervös!"

Das stimmt mich sehr ärgerlich, und in der Küche stellte ich mich in einen Schmollwinkel und dachte etwas Schmollendes über die Omi: Z.B. daß sie den Kindern vom Schröder immer etwas zum Geburtstag schenkt – mir jedoch nie, und dabei hätte ich mich so sehr über ein Geburtstagsgeschenk gefreut, während sich die Kinder vom Schröder nicht einmal zu bedanken pflegen. Die warmen Dankesworte überlassen sie ihrer Mutti, der Schröderschen, die Dinge sagt wie: „Is ja lieb! Sagense mal 'n Gruß und vielen Dank!"

Das Frühstück mit der Oma war heut leider nicht so besonders inspirierend. Die Oma saß nur da, rührte mit einem Arm durch die Lüfte und strahlte müde Altersgrämlichkeit aus.

Trotzdem begann ich die Omi zu vermissen und begann Omis schönes Gesicht mit 51 Küssen zu bedecken, wie dies bei uns Tradition ist. Zart und leichtlippig hurtelnd küsste ich auf Omis Wangen ein. Dann wandte ich mich zum Gehen, schaute jedoch nochmals durch den Türspalt auf die Omi drauf. Doch das Gefühl, das mich ansonsten immer martert - dieser Anblick könne der Letzte gewesen sein - blieb diesmal eigentümlicher Weise aus.

Als ich dies bemerkte, wurde ich allerdings von einem Schrecken bewallt, denn hatte Frau Picker nicht erzählt, daß sie während jedem Besuch bei ihren welkenden Eltern vom Gefühl bezwackt worden war, dies könne nun der endgültig letzte Anblick gewesen sein??

𝔚𝔦𝔫𝔨𝔢𝔫𝔡 𝔰𝔱𝔞𝔫𝔡𝔢𝔫 𝔡𝔦𝔢 𝔟𝔢𝔦𝔡𝔢𝔫 𝔖𝔠𝔥𝔯𝔲𝔪𝔭𝔣𝔢𝔫𝔡𝔢𝔫 𝔥𝔦𝔫𝔱𝔢𝔯 𝔡𝔢𝔪 𝔊𝔞𝔱𝔱𝔢𝔯.

Doch einmal blieb genau dieses Gefühl aus, und dann *war* es das letzte Mal!

Etwas das man so viele tausend Male gefürchtet hatte, daß alle Emotionsmoleküle, die für dieses Thema zur Verfügung standen, verpufft sind.

Draußen vor dem Hause lag Raureif, von der Sonne mild beschienen, und ich dachte: „Nun sollte ich glücklich sein, und bin´s doch nicht!"

Meine Reise führte mich zunächst nach Fischerhude.

Die erste Rast hielt ich im Rasthof Seesen ab.

Ich vermisste Rehlein schmerzlich, da sich das süßeste Rehlein bei meinem letzten Besuch im Zwillings-Seesen, dem Rasthof gegenüber, doch noch an meiner Seite befunden hatte.

Hier gönnte ich mir eine zünftige Mahlzeit, und las in einem Journal, daß Yvonne Wussow das Buch über ihre Ehe als E-Mail verschickt, wenn man neun €uro auf ihr Konto in Liechtenstein überweist. Und so stellte ich mir genußvoll vor, wie auf diese Weise nach und nach die Milliönchen auf dem Konto eintrudeln?

Ohne weiteres Federlesen fuhr ich nach Fischerhude zur Familie Großmann. Vati Achim war leider auf Maloche. Er arbeitet als mobiler Gitarrenlehrer, und fährt dienstags von Haus zu Haus.

Statt seiner war eine Freundin von Mutti Inga mit ihrem Sohn Timon zu Gast.

Der Name des Sohnes tönte in meinem Ohre solcherart, als habe jemand mit einem Sprachfehler sein Söhnchen „Simon" nennen wollen – doch beim Standesbeamten sei der Name ein wenig gengepanscht angekommen?

Mit dem kleinen Timon, der in acht Tagen fünf Jahre alt wird, freundete ich mich an, weil einem die Vierjährigen, auf der Höhe der geistigen Kapazität des Menschen, so viel zu sagen wissen.

Timons Mutti bot an, die kleine Judith mit nach Hause zu nehmen, und die Inga war begeistert von der himmlischen Vorstellung, einen Abend ohne den kleinen Plagegeist zu verbringen.

Doch leider ginge dies nur bis morgen früh um halb sieben, da dann alle das Haus verlassen müssten, - wurde das wunderbare Angebot auch gleich schon wieder ein wenig eingetrübt.

Die kleine Judith wollte ständig etwas spielen („Das Pferdchenspiel") und Mutti Inga wurde davon äußerst ungemütlich und streng, weil sie am liebsten herumsitzt und plaudert.

„Später!" sagte sie oftmals unwirsch – oder aber:

„Vielleicht morgen, wenn du dich benimmst!"

Doch in zarten Kinderohren tönt ein „Morgen" wie in den unsrigen ein beamtliches „Gegebenenfalls".

Heute lernte ich die kleine Ludmilla kennen, die erst ein paar Wochen alt ist. Zunächst fand ich sie süß, zumal ich in dem kleinen Gesichtchen Züge meiner jüngst verstorbenen Großtante Marie, und damit auch des so kunstvollen Gemäldes, das der junge Buz einst von seinem verstorbenen Opa angefertigt hatte, zu erkennen glaubte.

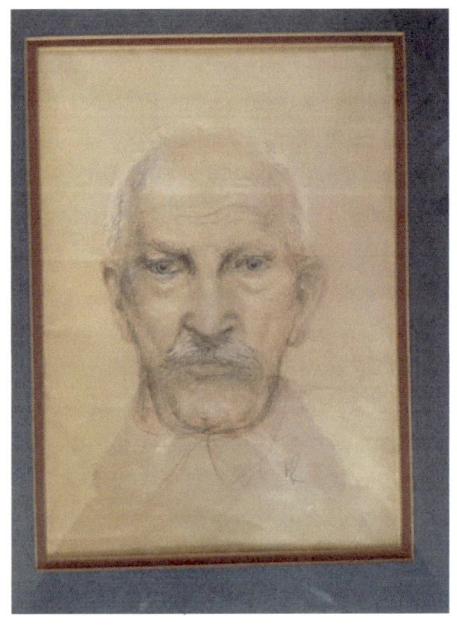

Bald schon lärmte der Säugling ungebührlich los, und Vati Achim hatte mir am Telefon bereits erzählt, daß man das ewige Geplärre bereits von der Straße aus höre, so daß er an manch einem Abend sein Haus gar nicht betreten möchte. Plötzlich könne er sich so gut in jene Familienoberhäupter hineinversetzen, die Abends in der Kneipe abhängen müssen.

Aus der Wohnung der uralten Klavierlehrerin im unteren Stockwerk, tönte stumpfsinniges Klaviergeklimper empor, das sich unschön mit dem Geschrei mischte.

Die kleine Judith in ihrem bezaubernden Dirndl stand die ganze Zeit neben dem Teetisch, um aufzupassen, wann wir endlich unseren Tee ausgetrunken haben?!

Schließlich erbarmte ich mich.

Ich folgte der Judith ins Kinderzimmer, bestaunte ihre Spielsachen, und spielte eine Weile lang unter johlender Heiterkeit „verstecken".

Die Judith hat ein Zimmer mit einer wunderschönen Aussicht auf Wälder und Hügel, und erzählte mir von Frau zu Frau, daß sie am liebsten „Arzt" und am zweitliebsten „Vater-Mutter-Kind" spielt.

"Vater-Mutter-Kind" spiele ich ebenfalls sehr gerne!" verriet ich, und zeichnete der Judith eine Familie auf: „Der Vater heißt Florian, ist jedoch leider schon gestorben", erläuterte ich, „er existiert lediglich in Form einer gerahmten Fotografie, und wehmütig stimmenden Erinnerungen."

Hernach zeichnete ich sein Grab auf dem Gottesacker.

„Wann ist er geboren?" wollte ich wissen.

„Hmmm…" die kleine Judith dachte intensiv nach. „So wie Papa?"

Und natürlich spielten wir auch noch „Pferdchen". Die Judith ritt auf meinem Rücken durch´s Haus, johlte Hü und Hott, und von der Vierfüßler-Position aus entdeckte ich einen Zettel, den Vati Achim einst entworfen hat, um noch mehr Gitarrenschüler an Land zu ziehen.

Darauf stand in händeringenden Worten zu lesen, daß er dringend Gitarrenschüler suche. Auch solche ohne Vorkenntnisse.

Am Ende des Blattes hatte er lauter abzupfbare Frackschöße mit seiner Telefonnummer angebracht, von denen jedoch noch kein einziger hinweggezupft war. Kein Wunder, denn das Blatt klebte an einer äußerst entlegenen Stelle auf Erden, und war nur durch größten Zufall entdeckt worden.

Von der Ferne aus konnte man sehen, wie Mutti Inga den kleinen leuchtenden Po von ihrem neuen Baby polierte.

Ungutes hört man von Stiefvater Berti, der vielleicht an Parkinson erkrankt ist?

Es war dunkel geworden, und ich verabschiedete mich nach Aurich.

Die kleine Judith hopste hinter mir her, um mir die Lichtschalter zu zeigen.

Mittwoch, 19. Februar
Aurich

Weißlich bewölkt. Kalt

Am Morgen schrillte das Telefon erbarmungslos auf. Ein Fax kroch an Land, und unter der Bettdecke hoffte ich freudig, daß Bewegung in mein Leben kommt. Doch es war "bloß" Herr Schnoor aus

Ehlen, der eine ausgezeichnete Kritik herüberfaxte, die in der örtlichen Zeitung erschienen sei.

In den Ostfriesischen Nachrichten wiederum las man, daß der Mörder vom kleinen Jakob in Frankfurt heute sein mündliches Staatsexamen in Jura ablegen darf. Staatsanwalt oder Richter darf er nach seiner Untat wohl nie werden, doch eventuell darf er sich nach seiner Haftentlassung als Anwalt verdingen?

Nach einer Weile kam die dünne kleine Frau Schinke in die Bratschenstunde.

Frau Schinke hatte frischgekaufte und schön anzusehende Urtextnoten von Schubert dabei, und spielte das D-Dur Quartett - jenes mit den feinsten Pianissimo Nuancen, auf die ich – so wie die Auricher Klavierlehrerin Frau Seibl auf das Rhythmische – allergrößten Wert legte.

Ich stellte mir vor, wie Frau Schinke daheim beim Mittagessen mit plattdeutschem Einschlag sagt: „Auf das Dynamische leeeecht Frrrau Könich allergrößten Wert!"

Nachdem Frau Schinke sich verabschiedet hatte, war das Haus zunächst ganz aurafrei, so daß ich Frau Schinke ein wenig hinterhertrauerte.

Nach einer Weile aber kam meine andere Schülerin, Frau Dr. Altmann, die ihrem Name zum Hohne eine junge, dynamische und fröhliche Frau ist.

Ich referierte – Buzens gute Lehren aufwärmend – über die Kunst des Dirigierens, und hatte sehr viel zu erzählen.

Doch ein großer Pädagoge wie Buz pflegt bei diesen Themen zu verharren, während ich, einem Bienchen gleich, von pädagogischer Blüte zu pädagogischer Blüte schwirre.

Ich druckte mehrere Zettel von Buzens kunstvoll geschliffenem Pädagogikbuch aus, obwohl dies vielleicht verboten ist?

Nachdem sich Frau Altmann verabschiedet hatte, dachte ich, ich müsse mich noch viel herzlicher verabschieden, und eine Weile lang wäre es sogar noch gegangen. Doch ich rührte mich nicht mehr. Wie angewurzelt stand ich am Fenster in Buzens Zimmer, blickte der jungen Frau nach, und sah sie schließlich federnden Schrittes über die Straße hinweg entschwinden.

Die Chance auf eine herzlichere Verabschiedung löste sich wie eine Eisscholle hinweg, und später hätte ich allenfalls noch mal anrufen und sagen können: „Ich habe das Gefühl, ich habe mich nicht herzlich genug verabschiedet!"…doch dies wäre sonderbar gewesen, denn ich *hatte* mich sehr herzlich verabschiedet.

In Buzens einer Zimmerecke steht bereits seit geraumer Zeit ein überzuquellen drohender rosa Sack mit einem ganzen Schwall an Bewerbungen. U.A. vom Konzertpianisten „Markus Kretzer", der ja vielleicht sensationell spielt?

Er schrieb wie folgt:

„"Machen sie den Umweg über das Ausland! Wenn sie dort Karriere machen, werden sie für Deutschland interessant!" war einmal der Rat von August Everding an mich."

Damit wollte er Buzen auf gönnerhafte Weise den Allerweltssatz: „Der Prophet gilt nichts im eigenen Lande!" dick auf´s Butterbrot schmieren.

„Nichts anderes hatten Sie damit im Sinne!" könnte man ihm nun bissig zurückschreiben. Doch meine Neugier war geweckt! Ich legte seine CD ein, und ein Werk von Bach gefiel mir sehr gut. Allerdings war ich mir nicht sicher, was Ming wohl dazu sagen würde?

Am Nachmittag brachte ich wieder zehn Bewerbungen auf die Post, so daß der Schalterbeamte womöglich meint, ich sei arbeitslos?

"Ob das wohl was bringt?" mag er beim Bekleben gedacht haben, "man hört doch immer, daß auf zehn Bewerbungen eine Absage kommt!"

Auf dem Heimweg begegnete ich Ruth L.

Heut gab sich die einst so glühend Verliebte völlig unverbindlich, so als habe sie sich vorgenommen, uns zu vergessen und aus ihrem Leben zu streichen, um unbelastet nach vorne blicken zu können, so daß ich direkt ein bißchen erschrocken bin.

„Ruth!" rief ich somit mit einem gewissen Überschwang.

Die Ruth sah gut aus (schlank), lächelte dünn und doch unfroh und sagte: „Ich muß weiter!" und entfernte sich stringent aus unserem Leben.

Davon mochte ich die Ruth vorübergehend viel lieber, so daß ich sogar einen Impuls in mir fühlte, ihr nachzueilen, und sie mit Wärme und Anteilnahme nach ihrem Befinden zu befragen.

Doch dann begegnete ich dem Heiko, und vergaß diesen Impuls wieder.

Donnerstag, 20. Februar

Weißwölkig und kalt

Im Morgengrauen las ich in meinem neuen Mordbuch, das ich mir gestern fast nicht gekauft hätte. Jetzt aber war ich froh, es doch gekauft zu haben, und las mich daran regelrecht fest.

Eine Serienmörderin, die allerhand unliebsame Bekannte aus ihrem Bekanntenkreis - so auch ihren Mann - mit Gift eliminiert hat, erinnerte mich in ihrer Persönlichkeitsstruktur direkt ein wenig an Omi Mobbl: Sie war gut zu ihren Kindern, und verwöhnte die Enkel... An ihrem Mann hatte sie gestört, daß er immer so viel reisen wollte, und sie wiederum wollte lieber daheim bleiben. Außerdem betete er ihr viel zu oft. "Das war gar nicht mehr *mein* Haus. Das war Gottes Haus", sagte sie.

Wolfgang Schröder hatte seine Unterlagen geschickt, und ich empfand es als kränkend, daß er schrieb "Lieber Herr König! Nach unserem Gespräch..." Und dabei bin's doch *ich* gewesen, die mit ihm gesprochen hatte. Natürlich könnte man ihm jetzt schreiben, wie sehr mich das menschlich gekränkt und enttäuscht habe:

"Nach dieser Enttäuschung über eine solche menschliche Unaufmerksamkeit schicke ich Dir die CD ungehört zurück und bitte, in Zukunft von einer Kontaktaufnahme abzusehen!"

Stattdessen aber versuchte ich auf die Schnelle einen Geburtstagsbrief an die Veronika zustande zu bringen: „Schade, daß du schon so alt bist!" schrieb ich zwar scherzend, so doch auch leicht despektierlich.

Nach ein paar Zeilen entschuldigte ich mich allerdings, daß ich so geschrieben hätte wie die unreife, taktlose und infantile Tochter von Veronikas Freundin Christiane.

Auf dem Wege zum Supermarkt begegnete ich Herrn Backa, dem gefürchteten Mathematiklehrer. Er trug ein schwarzes Farbband auf dem Kopg, das seine geschäumt wirkende graue Frisur umrundete, und stand an der gegenüberliegenden Ampel, so daß ersichtlich wurde, daß sein Wegesziel dem meinigen diametral entgegenlag. Ich legte sehr viel echte Wärme in die Begrüßung, zumal ich mich erinnerte, daß Herr Backa vor einigen Jahren seinen Sohn zu Grabe tragen mußte, der nun auf dem Gottesacker vor sich hinmodert, während auf seinen alten Vater hier auf Erden offenbar noch einige Aufgaben warten?

Auf der Post gab ich schon wieder neun Bewerbungen auf, so daß der Herr am Postschalter gedacht haben mag: "... noch immer keine Arbeit für das arme Fräulein?"

Bei Aldi lag eine Weinflasche in ihrem Blute, und es roch abscheulich nach Essig.

"Ein Mord!" hätte ich so gerne verbindend zu Irgendjemandem gesagt, doch in keinem Gesicht spiegelte sich der passende Humor für solch einen makabren Scherz.

Abends schaute ich „Beckmann".

Neben Verona Feldbusch saß ein arabischer Journalist, der die Verona auf eine aufreizende Art einfach ignorierte.

Und während ich hierüber nachdachte, dachte es die Verona vermutlich auch.

„Das ist mir ja noch nie untergekommen!" mag sie dem Sinne nach gedacht haben, und richtete nun gezielt das Wort an den Frauenfeind. Da war der Herr natürlich gezwungen, höflich Rede und Antwort zu stehen, auch wenn ihm dies misshagte.

Nach einer Weile kam noch ein dritter Gast hinzu: Der frischgebackene Witwer Paul von Schell, der nicht besonders leicht zu erheitern ist, da er vor einem Jahr seiner Ehehälfte (Hildegard Knef) beraubt worden war. (Der Sensemann…)

Freitag, 21. Februar

Sonnig und hell

Am Morgen versank ich in einen watteweichen Schlummer und träumte:

Ich telefonierte mit einem Herrn, und alles, was dieser Herr sagte, zerfiel in meinem müden Kopf augenblicklich zu Staub! Da wurde ich plötzlich ärgerlich, und herrschte den Herrn an, daß er sich gefälligst besser ausdrücken solle. Der irritierte Herr fing von vorne an, faselte irgendetwas über eine würzige Boullion, und augenblicklich hatte ich erneut den Faden verloren, und wurde noch ärgerlicher.

"Entweder Sie sind schwachsinnig oder ich bin es!" barschte ich in hilflosem Ärger.

Am Vormittag besuchte ich Frau Münch, die heute gut drauf war. Einmal mußte Frau Münch sogar laut und fröhlich lachen, als ich ihr von der Ähnlichkeit zwischen Buz und einem Hund berichtete: Daheim sei Buz oft langweilig wie ein Teppichvorleger, doch in freier Wildbahn, wenn er Artgenossen sieht, kommt Leben in ihn.

Frau Münch verfällt zuweilen in eine ernsthafte Diskussion über ein Thema, das alle angeht, und als Hörer hat man das freudige Gefühl, sie in ihre

Elementsschiene hinein gelotst zu haben. Z.B. in jene unerschöpfliche Themenbucht, daß auch ihr zuweilen ein Ansprechspartner fehle – so schön das Leben als alleinstehende Dame auch sein mag.

Als ich wieder daheim war, rief ich die Hilde an, und die Hilde klang so unglaublich warm und erfreut. Bloß mußte sie gerade mit der Miriam proben, und den Damen in ihrem völlig zugerümpelten Alltag war nur eine einzelne Stunde für dies löblich´ Treiben beschieden.

Bald darauf klingelte es an unserer Tür Es handelte sich um einen Staubsaugervertreter der Firma "Kobold". Ich war sehr nett zu dem Herrn, bemüht, ihm zu zeigen, wie sehr ich mich über den überraschenden Herrenbesuch freue, da ich es nicht gutheißen kann, wenn ein hochmotivierter Vertreter von Haus zu Haus geht, und ihm überall die Tür vor der Nase zugeschlagen wird?

"Wären sie ein halbes Jahr früher gekommen!" sagte ich herzlich, „ich hätte Ihnen Ihren „Kobold" abgekauft – doch leider sind wir seit einem halben Jahr im Besitz eines nahezu geräuschfrei arbeitenden Staubsaugers."

Aber, daß dieser Staubsauger, zumindest wenn *ich* ihn bediene, den Staub allenfalls in den Teppich hineinbügelt, verschwieg ich verschämt.

Später durfte ich durch Buzens Zimmerfenster beobachten, wie der selbe Herr sein Glück bei unseren Bildschirmschonern versuchte, und wunk ihm nochmals freundlich zu, - so als seien wir zwei Verschworene.

Dann rief meine neue Freundin Monika an.

Die Mutter zweier halbgarer Söhne schien sehr ausgehungert nach Konversation, und plapperte augenblicklich los. Ich habe ihr allerdings gern zugehört, da ich sie nett finde, und ja selber zuweilen von einer Loggoröh befallen werde.

Ich erfuhr, daß die Monika im Begriffe sei, ihren Traum, nochmals eine neue Familie zu gründen, den sie bis vor einem Jahr noch ernstlich mit sich herumgeschleppt hatte, zu begraben, da das Leben mit den beiden Söhnen, die auf den rechten Weg gebracht werden sollten, schwer genug sei.

Vor allem mit dem Grischa, der im April 14 Jahre alt wird, und ein „obercooler Macker" jener Art geworden ist, wie sie Mutti Monika auf den Tod nicht ausstehen kann.

"Der pinkelt Eiswürfel!" sagte sie in verärgerter Humorigkeit über ihren Erstgeborenen, mit dem kein Auskommen sei. Die Monika quasselte wie ein Wasserfall und benutzte lauter Ausdrücke wie beispielsweise „Pipifax" und dergleichen mehr.

Abends rief mich Monikas Schwester Thekla an, die sehr müde war.

Müde deshalb, weil sie zweimal am Tag ihren schwerkranken Mann im Spital besuchen muß.

Vor wenigen Tagen ging es ihm leider so schlecht, daß die geschockte Thekla schon gemeint hatte, man schicke sie nun als Witwe nach Hause. Der arme

Herr hatte so unglaubliche Schmerzen, daß man ihm Morphium spritzte. Außerdem sei er ja viel zu dick: 115 kg bei einer Größe von 1,87 m, und leidet - als sei´s der Ärgerlichkeiten nicht genug - auch noch an Bluthochdruck. Na, wenn das nicht die Vorboten eines herannahenden baldigen Exitus´ sind!

Abends rief ich die Tagesjubilatorin Veronika in Pforzheim an, und erfuhr Schockierendes: Vor zwei Tagen starb Veronikas Vater.

Die Veronika bemühte sich um eine gefasste Stimme, mit der sie das Unfassbare aussprach – während ich das Gefühl hatte, der Boden vor mir tue sich auf, und der mühsam unter Kontrolle gehaltene Schmerz um Opa und Mobbl quelle wieder hervor.

Samstag, 22 Februar

Sonnig

Gleich beim losfrühstücken fühlte ich mich schon so untüchtig und mußte mir eingestehen, daß ich schwerdepressiv bin. Fast jede Tätigkeit schien zu anstrengend für mich. Jetzt beispielsweise das Rad aufzusatteln, und durch die Kälte auf den Markt zu radeln, wo man keine Ahnung hat, was man kaufen solle?

Auf dem Wege dorthin kaufte ich mir die BILD-Zeitung am Knollennasen-Kiosk.

Das zentrale Thema des Weltgeschehens war, daß Uschi Glas seit gestern eine geschiedene Frau ist, und die Uschi sah auf einem Foto sehr bekümmert aus, weil sie es immer noch nicht fassen kann, daß sich der Mann, mit dem sie 21 Jahre lang Tisch und Bett teilte, als „Arsch" entpuppt hat!

Mittags litt ich Qualen, wegen meiner Untüchtigkeit und Anfangsscheu. Ich fühlte mich seelisch solcherart gelähmt, daß ich mich nur mit brutaler Gewalt aus diesem düsteren Loch heraus zu winden vermochte, indem ich mir einen strengen Stundenplan niederschrieb. Ich hämmerte ihn in den Computer, druckte ihn aber nicht aus, so daß er mich mahnend, wie aus einem Auge heraus anschaute.

Ich nahm mir vor Frau Kettler anzurufen, und machte mir bereits Gedanken, was ich ihr wohl antworten könne, wenn sie mich fragt, wie es mir wohl ginge?

„Ab 40 ist das Leben nicht mehr schön. Das müsstest Du doch eigentlich wissen?! Mich strengt alles nur noch an, und vieles lässt so allmählich nach: Interessen, die Fähigkeit, echte Freude zu empfinden…" sogar im Geiste geriet ich in eine Loggoröh, so daß ich dann doch nicht anrief.

Stattdessen lebte ich gewissenhaft nach meinem Plan, und übte eine ganze Stunde lang. Die Blicke über den Notenrand hinweg auf die Straße gerichtet, sorgsam darauf bedacht, vom Treiben der Bildschirmschoner nichts zu verpassen.

Trotz der schmähenden Worte der Möllers, die man noch im Ohre hat, halte ich beharrlich am Glauben fest, daß der Bildschirmschoner ein wundervoller Mensch ist.

Etwas, das man immer wieder an Kleinigkeiten bemerkt: Man sah beispielsweise, daß ihm sein schwarzes Hundchen durch den Zaun interessiert bei seinem Treiben zuschaute, und als sich der Bildschirmschoner dem kleinen Hündchen zuwandte und ihm ein Lächeln schenkte, da wedelte das Hündchen begeistert und erfreut mit dem Schweif.

Wenig später bog Frau Saathoff mit ihrem Radl auf unser Grundstück ein.

Manchmal scheinen Rehlein und mir die Besuche von Frau Saathoff, so lieb man sie auch gewonnen hat, eine Spur zu lang, und nun rief ich ein ums andere Mal: "Oh nein oh nein oh nein oh nein oh nein!"

Doch was bleibt einem anderes übrig, als gute Miene zu machen? Frau Saathoff hat ja stets den Vorwand, wegen irgendwelcher Steuergeschichten vorbei zu schauen, und im Grunde schulden wir ihr ganz viel Dank! Sie setzte sich auch gleich an den Schreibtisch, und einmal frug sie mich, ob ich ihr wohl Geld für Porto geben könne? Es handele sich lediglich um vier €uro fünfzig, die ich emsig, und von heißem Dank geflutet herbeiholte.

Draußen auf der Straße:
Herr Möller hob freudig grüßend die Hand.

Über die Möllers hatte ich am Vormittag bereits nachgedacht: Ich dachte darüber nach, daß es so schön wäre, wenn ich sie mir zum Hobby machen könnte, so als seien´s die Vitzthums in Ofenbach.

Bloß funktioniert dies bei den Möllers nicht, weil sie ganz und gar auf sich selber fixiert sind.

Abends telefonierte ich ausgiebig mit den drei hinterbliebenen Frauen von Pforzheim.

Mutti Himstedt klang gefasst, und dennoch wurde ihre Stimme, als sie vom Ende ihres Mannes erzählte, der ab dem ersten Advent angefangen hatte altersmüde zu werden, brüchig.

Ich erfuhr, daß der Verstorbene am Montag feuerbestattet wird, und fand es beklemmend, daß von dem alten Herrn, den auch ich im Laufe der Jahre liebgewonnen habe, hernach nur noch ein kleines Häuflein Asche übrig sein soll. In meiner Hilflosigkeit bot ich an, nach Pforzheim zu reisen, um gemeinsam mit der Veronika zu Ehren des Verblichenen das Doppelkonzert von Bach zu spielen.

Ich sprach auch mit Veronikas Schwester.

„Das ist der Lauf der Welt!" sagte sie schlicht.

Feinfühlig sprach ich davon, daß ich sie bis zu ihrer Pensionierung in zirka zwölf Jahren eigentlich nicht besuchen kommen könne, weil sie bis dahin einfach keine Zeit habe. Dann erzähle ich noch von der Ute, die ich ja erst wieder besuchen möchte, wenn die Kinder aus dem Hause sind. Und dies dauere noch etwa 14 Jahre lang.

Einmal ins Telefonieren geraten rief ich auch noch die Omi an, zumal ich der Omi zur Zeit so gut bin.

Der Onkel Eberhard hob ab, und man hat gleich zu spüren bekommen, wie ich mir mit meinem eigenen Onkel nichts zu sagen weiß, außer kurz herum zu erörtern, wie es uns wohl gehe?

„"Gut", was immer das heißen mag?" (sagte ich)

Klinge ich schon wie Prinz Charles, als man ihn nach seiner Eheschließung frug, ob er die Diana wohl liebe?

„Was immer das heißen mag!" sagte der Prinz damals rotohrig und verlegen, da er seine Camilla am Bildschirm wähnte, die das alles mit anhören konnte.

Abends las ich in einer E-Mail Rehleins das Unglaubliche:

Daß das Jade-Quartett beim Wettbewerb in Graz ganz unglaublich gespielt hatte, und „prompt durchfiel!"

Grad so wie Ming und ich einst in Rehleins stürmischen Rundbriefen.

Rehlein hatte geglaubt, daß das Quartett enttäuscht nach Stuttgart zurückgereist sei, doch als ich die Han-Lin auf dem Händi anrief, um meine Fassungslosigkeit zu bekunden, erfuhr ich, daß sie noch immer in Graz waren, und sogar mit den Juroren gesprochen haben. Der couragierte Wembo war laut und ungemütlich geworden, und hatte dem arroganten Grazer Vorsitzenden gesagt, daß er dieses Urteil nicht akzeptieren könne. Niemals!

Die Juroren hätten nur dummes Zeug geredet:

Z.B., daß das Quartett viel zu viel auf „Wirkung" gesetzt habe, und daß *ein* Satz in der lyrischen Suite von Alban Berg zu schnell gewesen sei.

Zumindest zu schnell für die großen babuschenförmigen Jurohrenohren, verkürzt „Jurohren" der früh vergreisten Juroren, die es gerne behäbiger gehabt hätten.

Zu vorgerückter Stund´ berauschte ich mich an dem großartigen chinesischen Pianisten vom Trio Parnassus. Ich rief in Ofenbach an, um Buzen schwärmerisch zu erzählen, daß der Pianist so auffallend gut sei, daß ich ganz verblüfft war, daß es hierzulande neben Ming noch so einen tollen Pianisten geben soll? Und tatsächlich: Er kam aus einem fernen Land: Aus China!

Sonntag, 23. Februar

Unser Haus wurde von warmem Licht durchflutet, so daß es ein bißchen traurig war, daß man diesen optischen Hochgenuss mit niemandem teilen konnte

Inzwischen ist die Aura in unserem Hause ausgekühlt.

Am Morgen träumte ich *von einem Bernhardiner (einem Blindenhund), den ich mir von meinem restlich*

Ersparten gekauft hatte, und an welchen man sich immer so gut anschmiegen konnte, weil es das kluge Tier mit dem sechsten Sinn gespürt hat, wenn jemand ein bißchen Liebe und Zuwendung braucht.

Und dennoch hatte der Hund den Charakter eines grämlichen älteren Herrn mit Schnauzbart, der nicht so übermäßig gern Gefühle zeigt.

Dann wiederum träumte ich, *daß ich mit Ming und Julia in einem Lokal saß. Die Julia saß auf Mings Schoß, und küsste dauernd erotisierend auf ihn ein. Im Geiste bündelte ich auf Art einer Seniorin bereits entrüstete Worte für Ming zurecht, die ich ihm nachher sagen wollte,* und dabei war es doch nur ein Traum!

Dann erhob ich mich zu einem ganz einsamen, sonnigen Tag. Ich war so quälend müde, und gleich zu Tagesbeginn legte ich mich wieder in Buzens Bett.

Im Sonnenlicht des aufgeräumten Zimmers fühlte ich mich, als läge ich in einem Glaswürfel, den Blicken der Öffentlichkeit preisgegeben, wie einst Schneewittchen in einem tausendjährigen Schlummer. Doch die Müdigkeit hatte auch mein Gefühl für die Realität stark vernebelt, so daß mir alles einerlei war.

Nach zwanzig Minuten schrillte mich der Wecker wieder empor, und ich war ganz froh drum, weil es mir schon beinahe frevelhaft erschienen war, einen so schönen Sonnentag im Bett zu verdurmeln.

Die Müdigkeit war jedoch kein bißchen von mir abgeblättert, und dennoch radelte ich ganz benommen erst zur Tankstelle, und dann zum Friedhof.

Zwar finde ich, daß die Monika sehr quasselig veranlagt ist, und doch war ich dankbar für meine neue Freundin. Natürlich hat man immer ein bißchen Hoffnung, bei seiner Heimkunft könne jemand an einen gedacht haben, und eine kleine Botschaft hätte sich auf den Anrufbeantworter gesogen. Er blinkte zwar, doch ein Anrufer hatte sofort aufgelegt ohne ein Wort zu hinterlassen.

Ich selber rufe nur selten jemanden an, stelle mir allerdings gelegentlich ein Telefongespräch vor. Zum Beispiel, wie ich die Edith anrufe, *um zu fragen, wie es ihrem Hänschen geht?*

Das Gebabbel von Omi Kionczyk würde wie Musik in meinen Ohren klingen, weil ich so einsam bin!

Neben der Aral-Tankstelle stand der Verhaftungswagen der Polizei, so daß ich schnell vom Rad abstieg und so tat, als sei ich die Gesetzestreue in Person.

Beim Laufen dachte ich über Herrn Himstedt nach, für den heute der letzte Tag auf Erden angehoben hat, auch wenn er diesen letzten Tag im Kühlhaus verbringen muß.

Morgen um ein Uhr wird er eingeäschert. Ein grauslicher Gedanke!

Daheim stellte ich mir sogar vor, wie ich Herrn Heike anrufe und frage, ob er mich wohl ein paar Tage lang besuchen kommen könne?

„Solange bis wir uns auf die Nerven fallen!" könnte ich den völlig verdutzten Herrn nach Art von der Monika durch den Hörer bequasseln, „ich brauche jemanden, der beim Fernseher neben mir sitzt, und an den ich mich anschmiegen kann!"

Ich rief sogar bei Buzens verstorbenem Schüler Winfried an, bloß um zu schauen, ob das Telefon wohl trotzdem für einen klingelt, auch wenn man verstorben ist?

Doch den Winfried gibt's nicht einmal mehr als potenziellen Telefonator:

„Kein Anschluß unter dieser Nummer!" sagte eine unpersönliche Frauenstimme.

Genußvoll schaute ich die „Lindenstraße", und versenkte mich in diese Parallelwelt hinein:

Die Bäckereibedienstete Gabi hatte versprochen, einen Abend mit dem greisen Herrn Krämer in der Oper zu verbringen, obwohl ihr das Herz in die Knie sank, als sie hören mußte, daß die Oper dreieinhalb Stunden lang dauere!

Vorher ist das ungleiche Gespann jedoch fein essen gegangen.

Herr Krämer redete ohne Unterlass: „Wem das Herz voll ist, dem quillt der Mund über!" zitierte er unbeholfen und nur dem Sinne nach an einem, ihm offenbar nur lose im Hirn sitzenden, Zitat herum. Dies sei, so sagte er entschuldigend, weil er morgen ein Häuschen am See kaufen wolle, um mit seiner neuen Liebe nochmals voll durchzustarten. Die Gabi sagte: "Ich werde ja direkt neidisch auf die Neue an ihrer Seite!"

Da legte Herr Krämer mit seiner schlohweißen Helmfrisur seine Hand auf eine der ihren und sagte: „Gabi! Sie müssen nicht neidisch auf die Neue an meiner Seite sein, denn…..die sind Sie selber!"

Gabis entgeistertes Gesicht – Musik – Abspann….

Um 18 Uhr rief meine neue Freundin Monika an: „Hier ist das Monikääächen!" rief sie aus, und klang fröhlich wie ein Vögelchen mit einem töricht-liebenswerten Gesichtsausdruck.

Wir plauderten wie alle Tage über Stock und Stein, und sogar wertvolle Tips für den Haushalt gab sie mir, und erzählte von ihrem Großvater, der einmal gesagt habe: "Ihr seid alle zu faul, um es euch bequem zu machen! Man nimmt doch niemals einen Gegenstand zweimal in die Hand!" Sprich: Man sollte alles sofort wegräumen, und es nicht einfach zwischenlagern und abstellen…. Einmal kam der kleine Mats ins Zimmer, stellte sich neben seine telefonierende Mutti und weinte! Er hatte einen Freund übers Wochenende zu Gast gehabt, doch jetzt war der Freund wieder weg, und nun war dem kleinen Mats langweilig, so daß er wie ein Mongoloider, der noch echte Gefühle hat, laut und barmend losweinte. Man hat mitanhören können, wie Mutti Monika ganz viele kleine Küßchen auf dem tränennassen Gesichtchen verteilte.

Ihren anderer Sohn Grischa wähnte sie in der Disko – doch nun war sie total überrascht zu hören, daß der grämliche Junge oben träge in seinem Bett lag, und mit dem Gameboy spielte.

Die schönen Beethoven Trios, mit denen ich mir den Abend vertrieb, machten mich ganz trunken.

Montag, 24. Februar

Sonnig und schön

Die größte Ärgerlichkeit ist´s, wenn man wach im Bett liegt, und damit rechnen muß, daß jeden Moment der Wecker auflärmt. Und genau in dieser Situation stak ich heute. Man steht am Beginn eines ungewissen Tages, den man sich im Geiste bereits derart mit Arbeit befüllt hat, daß er aus allen Nähten zu platzen droht.

Neu ist, daß es morgens jetzt schon hell ist, und abends um 18 Uhr ist es ebenfalls immer noch sommerlich hell.

Heute lebte ich unerhört diszipliniert, und das im Prinzip Löbliche ist leider Gift für mein Tagebuch.

Mit herausgeschraubten Augen ist man gezwungen, den leeren Tag mit bedeutsamer Miene zu durchschreiten, gierig darauf bedacht, Details für´s Tagebuch aufzusammeln.

Heute stellte ich mir beim Üben auf meiner Violine schon vor, wie ich's mit der Nachbarschaftsobservierung wirklich auf die Spitze treibe: *Ich setze mich schon ganz früh in mein Auto und warte darauf, daß die*

Stephanie das Haus verlässt. Dann fahre ich ihr nach, um mir endlich Klarheit zu verschaffen, wo und was sie eigentlich arbeitet?

Doch was, wenn sie auf die Autobahn Richtung Meppen ausschert? Dadurch, daß ich ja ständig die Geschichten aus meinem Mordbuch lese, schaue ich mit erhöhtem Interesse auf Vertreter bestimmter Berufszweige: Beispielsweise mobile Krankenpfleger, die früh morgens am Straßensaum parken, und dann luftigen Schrittes in weißer Kluft die Straße überqueren.

Nach der Arbeit auf der Violine frühstückte ich rasch, um pünktlich meine Bürotätigkeit zu eröffnen.

Plötzlich kam ein Anruf aus Ofenbach, weil Rehlein meine Worte, daß ich dem taiwanesischen Chefdirigenten eines Orchesters einen Brief auf chinesisch schreiben will, ernst genommen hatte. Die Hanlin, die heut mit ihrem Freund Wembo einen Ferientag bei ihren Ersatzeltern Rehlein & Buz in Ofenbach eingelegt hat, hatte sich bereits große Mühe für mich gemacht, und ein formvollendetes Schreiben aufgesetzt. Und dieses Schreiben faxte mir Rehlein nun feierlich herbei. Doch die Hanlin kann schreiben wie sie will: Ihre Worte tönen in meinen Ohren knapp & trocken.

Worte, mit denen ich mich nicht identifizieren kann.

Die Hanlin habe davon abgeraten zu schreiben, daß ich bereits einmal unter der Stabfuchtel des weltbekannten taiwanesischen Toscaninis „Felix

Chen" gespielt habe, da man bei Artgenossen vorsichtig sein sollte, und nie weiß, ob sie vielleicht miteinander verfeindet sind?

Hinterher fiel mir etwas Lustiges ein, das man hätte schreiben können, doch da war das Kuvert bereits zugeklebt, und heute kam das Schreiben, das tagelang nur so herumgelegen war, endlich auf die Post.

Ich hätte schreiben sollen: „Zwar habe ich unter der Stabwedelei eines Felix Chen gespielt, doch Sie verstehen sich gewiss besser auf dererlei?!"

Mit diesem Satz bescherzte ich den Wembo in Ofenbach.

Der Wembo lachte, und fühlte sich an, wie ein Vetter ersten Grades.

„Wir vermissen Dich!" sagte er warm.

„Ich vermisse euch jeden Tag!" sagte wiederum ich, und freute mich, daß ich so gute Freunde habe.

Auf dem Wege zum Supermarkt dachte ich über die Monika nach. Die Monika ruft täglich an, um Hausfrauenklatsch loszuwerden, und ich gewöhne mich daran, da ja die besten Freunde jene sind, die einem einfach zulaufen.

Einmal schellte es an der Türe. Es war die Marlene, jene Behinderte mit den kantigen, wie geschnitzt wirkenden Gesichtszügen, die seit Jahrzehnten das Stadtbild von Aurich mitprägt.

"Ist das Ihr Auto?" frug sie mit einer ganz ver-zwirbelten Behindertenstimme, und meinte damit ein dubioses weißes Auto, das heute schon die ganze Zeit geheimnisvoll vor unserem Hause parkte. Dies frug die Marlene aus jenem Grunde, da sie sehr sozial veranlagt ist.

Dann lief sie aber einfach weg, ohne die Antwort abzuwarten, was wiederum leicht ungehobelt schien.

Doch mir konnte es nur recht sein, daß sie nicht zum Tee blieb.

Um Punkt 18 Uhr fuhr ich durch amerikanisch getöntes Schönwetter zum Klub, und fühlte mich froh. Meiner alten Freundin Helga in Trossingen sagte ich im Geiste, daß ich es so toll fände, daß das Hoch, das uns derzeit beschirmt „Hoch Helga" heißt, so daß all ihre Bekannten an sie erinnert würden. Es gibt wohl kaum einen Deutschen, der keine Bekannte namens Helga hat, dozierte ich mich selber an.

Am Abend rief ich die Veronika in Pforzheim an.

Der erste Abend, wo es den Papa einfach nicht mehr gibt!

Die Veronika erzählte, daß die Feier so schön gewesen sei, weil die Anwesenden allesamt so wunderbare Erinnerungen an den lieben Herrn gehabt hatten.

Zum Schluß bat ich die Veronika, ihrer Mutter einen Kuß von mir zu geben. Etwas, das leider gar nicht so einfach ist, da die Damen meist leicht verstimmt miteinander sind. Aber die Veronika könne ja sagen: „Du bekommst jetzt einen Kuß, der allerdings nicht von mir stammt!"

Man weiß es ja, daß es der Papa im Himmel nicht so gerne sieht, wenn die Damen streiten.

Abends schrieb ich E-Mails an meinen Onkel Rainer in Kanada und an die Tante Beate in Amerika.

Den Brief an den Rainer gestalteter ich raffiniert: Ich sprach von einem Bedankungsbrief, den er sicher mal geschrieben, den ich jedoch leider nicht bekommen habe.

„Hoffentlich hast du es noch nicht als groben Undank aufgefasst, daß ich mich noch nicht für Deinen Bedankungsbrief bedankt habe!" schrieb ich scherzend.

Alsbald rief ich Buzens französische Schülerin Marie-Helene zum 24. Geburtstag an. Die Marie-Helene konnte ihren Jubeltag leider nicht so recht genießen, da sie klaftertief in den Vorbereitungen für die Musikgeschichtsprüfung stak, die morgen früh um Punkt zehn Uhr stattfinden solle. Für die ausländischen Studenten eine schier unüberwindliche Hürde.

Beim letzten Male ist die Marie-Helene bereits durchgefallen, so daß es sich nun um die Gnadenprüfung handelte. Doch ob es diesmal klappt? Die Marie-Helene hatte sich das Thema „französische Musik" herausgesucht – hoffend, daß sie hierzu bedeutend mehr Kenntnisse habe, als der Professor selber.

„Ausländer dürfen die Prüfung dreimal – manchmal sogar viermal machen!" schürte ich Mut, und erinnerte mich selber dabei an den Vaitel Ferdinand in Gerhard Polts Film „Kehraus", der zur Rosi g´sagt hat: „Ich könnt Eana dös billiger beschaffen: 30, 20, 10 % mindestens!"

Dienstag , 25. Februar

"Hoch Helga". Schön sonnig und frühlingshaft

Über die Schnecke meiner Violine hinweg schaute ich aus dem Fenster, und beobachtete interessiert, wie die Stephanie um zehn nach acht gewissenhaft das Haus verließ. Jeden Tag das gleiche Ritual: Sie mit ihrem offenen, langen schwarzen Haar, das leicht vom Winde gezaust wird, setzt sich ins Auto, zündet sich eine Cigarette an, düst von dannen, und das kleine schwarze Auto hinterlässt eine ratlos stimmende Kahlfläche.

Mein Gehirn verwandelt mir die größten Banalitäten in aufregende Momente, die meinen Lebensweg pflastern.

Dann sah ich den 80-jährigen, geistig leicht behinderten Bruder von Frau Oetken ganz langsam mit seinem Rollator durch mein Blickfeld wackeln. Er trug einen schwarzen Mantel und sah somit aus wie der Tod. Nach einer Weile wackelte er genau so langsam wieder zurück.

Zu Tagesbeginn konnte ich es wiederum nicht fassen, daß wieder nur ein Brief von der HUK gekommen war, und dabei rechne ich doch mit einer Flut enthusiastischer Briefe aus der Welt der Kultur.

Mir geht´s jetzt so, wie es Buz & Rehlein vor dreißig Jahren ging:

Rehlein tippte unermüdlich Briefe, und morgens wartete man aufgeregt und voller Vorfreude auf die Post bzw. begeisterte Zusagen.

Bloß landeten Buz und Rehlein letztendlich dann doch, so wie es böse Zungen insgeheim erahnt und vielleicht sogar ein bißchen gehofft haben, in einer Musikschule in Hintertupfingen.

Am Nachmittag radelte ich durch die sommerliche Frische zur Post, um meine Bewerbungen aufzugeben. Eine Tätigkeit die mich freut und befriedigt, obwohl das Geld im angrenzenden Eiscafé vielleicht besser angelegt wäre?

Und doch hat die Arbeit als Spitzensekretärin etwas Belebendes.

Heute stellte ich mir bereits vor, mit einigen meiner telefonischen Ansprechpartnern eine tiefe Telefonfreundschaft einzugehen.

Allerdings habe ich zur Zeit ja meine Telefonfreundin Monika, die für ihr Leben gern telefoniert. Sie telefoniert den ganzen Tag, hatte mir ihre drei Jahre jüngere Schwester Thekla, die etwas schüchterner, feiner und zurückhaltender ist, kichernd verraten. Doch Theklas Mann kann seine plapperfreudige Schwägerin nicht ausstehen, und so muß die Monika ihre Schwester immer dann anrufen, wenn der Schwager dienstlich unterwegs ist.

Abends hatte ich plötzlich große Sorgen, Rehlein wäre verstorben, weil Buz zur Mittagsstunde auf den Anrufbeantworter gesagt hat, er müsse mir eine Mitteilung machen, und Herr Oetken, der heute vor dem Fenster durch mein Blickfeld gelaufen war, wirkte doch wie ein Vorbote vom Gevatter Tod!

Rehlein in Ofenbach hub allerdings selber ganz normal den Hörer ab, und es ging nur darum, daß ich den Lebenslauf vom Professor Koyama suchen solle. Doch wie es üblich ist in unserem Hause, fand ich ihn nicht.

Bloß war mir dies ganz egal. Die Hauptsache, Rehlein ist noch da.

Mittwoch, 26. Februar

Wunderschön!

Heute träumte ein verdrießliches Zeug! Zuerst: *daß mir im Nachhinein der Verdacht kam, daß ich damals bei meiner selbst organisierten Tournée im Jahre 1999 die letzten beiden Konzerte aus Versehen gar nicht mehr gespielt habe, weil ich sie schlicht vergessen hatte!*

Irgendjemand bestätigte meinen Verdacht, indem er sagte, daß damals ungewöhnlich viele Ehepaare gekommen seien, die hernach ganz verärgert wieder abzogen.

Dann wiederum sprach Buz davon, daß ein Schlüssel einfach verschwunden sei. Das war vor einigen Jahren in Freiburg, und ich geriet unter Verdacht, die Letzte gewesen zu sein, die diesen Schlüssel in der Hand gehalten hatte. Der Schlüssel gehörte zu einem Schrank, in dem Noten aufbewahrt wurden, und zwar wichtige Unikate: Werke einer isländischen Komponistin. Einer jungen alternativ wirkenden Frau, der ein Zahn in der Lächelzone fehlte.

Abends stahl ich mich einfach aus dem Haus, besuchte den Fitnessklub und im Anschluß daran ein Nobellokal. Dort ließ ich es mir, wenn auch mit leicht mulmigem Gewissen, gut gehen, und zum Nachtisch gab es Birnenschaum im Eismantel, der von einem Diener flambiert wurde.

Noch vor dem Frühstück fuhr ich meinen Opel mit seinen leichten Blessuren zu „Opel Hiro", und wurde vorbildlich von dem einen netten Herrn, zirka 56 Jahre alt, bedient. Als ich wenig später durch die Sonne ganz gemächlich nach Hause lief, reute es mich leicht, dem netten Herrn nicht die Hand gegeben zu haben. Wieder hätte man netter sein sollen, als man letztendlich war.

Auf diesem Wege sprach mich ein alter Opa an:

Er wünschte mir ganz viel Glück, und schenkte mir ein Traktätchen. Ich freute mich sehr über diese Freundlichkeit, und bedankte mich herzlich. Die warme Stimmung in die ich versetzt worden war, hielt im Aral-Tankstelleninneren unvermindert an.

Frau Schwarz, die Bedienerin war regelrecht übermütig gestimmt. Wir sprachen über die klobigen Würfel die dort ausgelegt waren, und mit denen man würfeln kann, was wohl als nächstes zu tun sei? Doch streng genommen stand nur dummes Zeug drauf, wie beispielsweise „Feiern, essen, poppen" hahaha.

Ich wollte wissen, ob es wohl auch einen Würfel mit sinnvollen Tätigkeiten gäbe, doch Frau Schwarz wußte es nicht?

Mich stimmte es nachhaltig mürrisch, daß ich heut schon wieder keine Post bekommen habe, doch ich tröstete mich mit dem Allerweltsspruch, daß keine Nachrichten gute Nachrichten seien. Viel schlimmer wäre es doch wohl, wenn lauter nichtssagende „leider "Antworten kämen. Im faden Sud höflicher Dankesfloskeln schwimmend.

Beim Üben sah ich die einsame Frau Saathoff herbeischimmern.

Frau Saathoff pflegt irgendwelche Zettel abholen zu wollen, die man nicht finden kann, und die es vielleicht auch gar nicht gibt, („Ich bräuchte noch den letzten Bescheid von der „Bamberger-Rosenheimer") um sich einen Anstrich erhöhter Seriosität zu geben. Heute verlangte sie nach einem Wisch von der HUK, um mit großem Ernst im Gesicht darauf herum zu lesen. Irgendwann bringt sie den Zettel wieder, und freut sich, wenn man sie zu einem Tässchen Tee dabehält. („Vorläufig dabehalten" – Ein Romantitel).

Der Besuch von Frau Saathoff freute mich heute leider nur mittel, da Frau Saathoff nicht die allerbeste Gesprächspartnerin ist. Ich saß aber entspannt da, schaute mit einer gewissen Rührung auf das schöne Gesicht drauf, und erfuhr allerlei: Beispielsweise, daß ihr Sohn zum Geburtstag einen Gutschein für einen Herrenausstatter bekommen habe.

Ferner sprachen wir über den jähen Tod vom kleinen Robert - dem Söhnchen von Buzens ehemaligen Schülerin P., einer gefährlichen Variante vom bösen Uschilein, und ich versuchte meine Klatschbasenverdächtigungen so gut es eben geht unter Verschluss zu halten, obwohl immer wieder kleine Partikel davon hervordampften, in die Lüfte stiegen, und kleinen Fragenzeichen gleich herumschwirrten.

Doch eigentlich steht man mit Frau Saathoff mittlerweile auf solch vertrautem Fuße, daß man ruhig offen hätte sagen können, daß es mit dem Tode vom kleinen Robert nicht mit rechten Dingen zugegangen sein kann.

Am Nachmittag kam wieder meine liebe neue Bratschenschülerin, die mir binnen kürzestem sehr ans Herz gewachsen ist. Mehr noch: Es fühlt sich auf beglückende Weise an, als seien wir bereits dicke Freundinnen, oder gar zwei Verschworene, die der Welt der aufstrebenden Bratscher noch das Fürchten lehren wollen.

Wie in den letzten Tagen nahezu ohne Unterlass lief auch heute die neue CD mit Beethovens

Klaviertrios, und ich sagte: "Ich habe das Zimmer schon mit Klängen angefüllt", und nett fügte ich hinzu: "Ich freue mich auf meine pädagogische Aufgabe, Dir den Weg zu Weltruhm zu ebnen!"

Wir sprachen noch sehr verbindend über das Hoch Helga von dem es jedoch leider heißt, es zöge bereits morgen wieder von dannen!

Man kann von Glück sprechen, daß sich das sagenhafte Wetter so schön in unserem Haus verbreitet, und es sich hier gemütlich gemacht hatte, so daß das Haus warm und leicht wirkte.

Ich erinnerte mich daran, daß ich versprochen hatte, Frau Lüvers im Spital zu besuchen. Also setzte ich diese ehrenvolle Aufgabe auf die Ausloseliste, und hoffte ein wenig, daß dieser Punkt irgendwann mal drankäme.

Ganz zum Schluß leuchtete die Sonne allerdings leider nicht mehr, und dann kam der anvisierte Besuch bei Frau Lüvers ja doch noch zum Zuge.

Zunächst aber brachte ich mein Buch von Georges Simenon auf die artige Weise eines Frauenzimmers, das bei niemandem in irgendeiner Form anschrammen möchte, in die Bibliothek zurück.

Für Frau Lüvers kaufe ich im Bioladen einen Vitamintrunk, und der watteweiche Herr mit dem unnatürliche Strahlen im Gesicht war schon siegessicher hinter die Brotvitrine getreten, weil er gehofft hatte, ich würde ihm sein teures Brot abkaufen. Pustekuchen!

Der Besuch im Krankenhaus verlief in vieler Hinsicht anders, als ich mir das gedacht hatte.

Erwartet hatte ich einen grausigen Geruch nach Krankheit, Siechtum und Tod, welkende Gestalten im letzten Kapitel des Lebens angelangt, hektisch voranstrebende und unnahbare Ärzte in bedrohlichem Weiß, die in Hektik und beklemmendem Ernst quietschend über den Linoleumsboden dahineilen, um Todesprognosen zu überbringen. Doch zu meiner freudigen Überraschung war das Zimmer in welchem Frau Lüvers residierte schön und gemütlich. Sahneweiß, mit großen gutgeputzten Fenstern, und einer Aussicht in den Park hinaus.

Frau Lüvers strahlte Wärme und Fröhlichkeit aus, weil sie sich dieser Tage von ihrer bösen Stiefmutti Anneliese erholen darf. Sie stak in einem noblen Nachtgewand aus glänzend roter Seide, und hatte außerdem gerade Besuch: Eine ältere, mit einer silbrig schimmernden Halskette geschmückte Dame, - Typus der Konzertgängerin - die sich allerdings freudig verabschiedete, als ich kam, da sie wahrscheinlich sonst bei Frau Lüvers Redeschwall keine Möglichkeit für sich gesehen hatte, dieses Zimmer jemals wieder zu verlassen.

Jetzt setzte ich mich auf den noch warmen Besucherstuhl. Frau Lüvers hat eine magische Ausstrahlung auf mich, so daß ich mich in ihrer Aura in einen gänzlich anderen Menschen verwandele. Ich werde manisch, und das Leben auf Erden erscheint mir in gänzlich neuem Glanz. Mehr noch: Ich verwandele mich in einen Neuaufguss von Frau Lüvers selber.

Frau Lüvers bewegte sich an ihrem Rollator fort.

„Das mit dem Laufen klappt ja besser denn je!" rief ich verzückt aus.

Dann sprachen wir über die Anneliese, die im April erst 81 Jahre alt wird, und somit noch keinesfalls zum alten Eisen gezählt werden sollte. Doch in Buzens lebendigen Schilderungen war sie mir stets als über Hundertjährige erschienen.

Sie sei im Alter etwas netter geworden, erfuhr ich, und einmal befrug sie ihre Stieftochter gar nach ihrem Stiefsohn, Frau Lüvers geliebten Bruder.

„Warum kommt Heinrich so selten?" bellte es aus dem altersgeronnenen Fett der alten Runzel heraus. Doch dem sensiblen Heinrich sitzt seine unschöne Kindheit noch zu tief in den Knochen.

Früher frug er manchmal schüchtern: "Darf ich meinen Papa sprechen?" Doch die Anneliese sagte schroff wie das böse Uschilein: „Dein Vater hat zu tun, und keine Zeit für dich!"

Und als mir Frau Lüvers diese scheinbar harmlose kleine Erinnerung erzählte, kam sie mir mit einemmale völlig normal vor.

Mit größter Wärme spricht Frau Lüvers über ihren Bruder Heinrich, der sechs Jahre jünger ist als sie, und heute bereits zu Besuch gekommen war.

Wer hätte gedacht, daß ich den Heinrich kurz darauf tatsächlich kennenlernte, und daß er wahrhaftig so ein wunderbarer Mensch ist, daß guten Gewissens gesagt werden darf, daß Frau Lüvers nicht übertrieben hat? Ein warmer leuchtender Herr, den zu beschreiben ein schlichtes Loblied wohl kaum ausreicht?

Seine Lebensgefährtin, eine Dame mit einer wärmenden Haube auf dem Kopf, die einen Blumenstengel in der Hand hielt, empfand ich jedoch als eher indifferent.

Doch die Bekanntschaft vom Heinrich freute mich nachhaltig, und überhaupt empfand ich den ganzen Besuch bei Frau Lüvers im Nachhinein als unerhört erfüllend.

Abends schaute ich "Johannes B. Kerner", wo Nina Hagen zu Gast war, die von mir als entsetzlich empfunden wird. Allerdings, wie ich gerne zugeben will, nur zu etwa 85%. Der Rest wiederum ist ganz lustig. Ich hasse es, wenn sie „Yes!" und „No!" und „anyway!" sagt, um auf internationaler Ebene „urig" zu wirken.

Donnerstag, 27. Februar

Zunächst schön sonnig.
Gegen 17 Uhr zogen jedoch
viele weiße Wölkchen auf

Heute träumte mir, *daß ich auf dem Flughafen verloren gegangen war. Um die Lücke herum, die ich hinterlassen hatte, brandete Entsetzen auf.*

Wie ferngesteuert hatte ich das Gebäude einfach verlassen,
und die Welt vor dem Flughafengebäude war so grau.
Eigentlich hatte ich doch ein Flugzeug bestiegen, das mich
ganz woanders hinbringen sollte?! Zumindest war mir auf dem
Urlaubsprospekt, den ich vor kurzem aus dem Briefkasten
gezogen hatte, ein anderes und reizvolleres Land versprochen
worden. Nun aber mußte ich mir eingestehen, daß ich mich
schon wieder in China befand. Sechsspurige Autobahnen,
gesäumt mit grauen Blumenkästen und verwelkten grauen
Blumen, stramme Soldaten mit gänzlich entmenschter
Ausstrahlung an jedem Eck – scheußliche schmuddelweiße
und graue Betonklötze.

Zum Frühstück schaute ich einen englischen Film
an: "Verurteilt wegen Liebe". Er handelte von einem
Popsongschreiber, der sich mit der 14-jährigen
Anhalterin „Jenny" einließ. Die Jenny sah schon
ziemlich erwachsen aus, und hätte, zumindest mit
einem zugedrückten Auge auch für eine 18-jährige
durchgehen können.

Ihr Vater erinnerte mich an den Zaubergeiger
André Rieu.

Zuerst war die Jenny sehr verliebt, doch man weiß
ja, daß bei den 14-jährigen die Liebe nicht allzulange
anzuhalten pflegt, und später sagte sie im Prozess
gegen den Popsongschreiber aus, der ganz begossen
wegen Verführung Minderjähriger vor Gericht
gestellt worden war.

Zum Schluß wurde der arme Herr zu zwei Jahren
Knast verurteilt.

Erleichtert und glücklich verließen die Eltern das Gerichtsgebäude. Im Auto waren alle fröhlich, und die Mutti schlug vor Champagner trinken zu gehen. Nur die Jenny war plötzlich nachdenklich geworden und vermochte sich nicht so recht zu freuen. Und dann stand plötzlich: „The end", so daß die Zuschauer auch nachdenklich gestimmt wurden.

Zunächst hatte ich mich gefragt, ob sich das Hoch Helga über Nacht wohl hinfort gestohlen hat, weil das Wetter nicht gleich los leuchtete? Doch nein: Es war schon noch da!

Beim Üben war ich oft sehr müde.

Müdigkeitsbedingt fühlten sich meine Augen an, als seien sie nicht mehr gut synchronisiert.

Ich bin immer froh, wenn die Stephanie um zehn nach acht in ihr schwarze Zwerglimousine steigt, und wenn sie dann mit der Zigarette im Mund vorbeifährt, dann weiß ich: Ein erster Meilenstein in der Tagesgestaltung ist gewuppt. Die Stephanie fährt hinfort, und mit ihr im Auto fahren, wenn auch unsichtbar, ein paar Gedanken von mir mit.

Wie alle Tage war ich auch heute sehr spitz auf die Post.

Na, wenigstens bekamen wir heut eine Wurf-sendung: Beckmanns Managerin schrieb sehr warm, daß sie sich freuen würde, mir die CD vom Beckmann zuzuschicken.

Der Beckmann ist ein Cellist, der sich auf geheimnisvoll knappe Weise nur „Beckmann" nennt.

Wie er mit Vornamen heißt, wie er gerufen wird und wo er studiert hat? – all dies weiß kein Mensch.

An manch einer Littfaßsäule klebt ein Plakat mit der schlichten Aufschrift „Beckmann spielt Cello" – sonst steht gar nichts drauf – höchstens ganz klein am Rande in winziger Schrift ein Hinweis, wo man im Internet näheres erfahren kann.

Vor einigen Tagen hatte mich die Managerin angerufen, um höflich zu fragen, ob ich wohl einen Horch in seine CD werfen würde.

„Immer doch!" (sagte ich.)

Nun hielt ich mein Wort, und augenblicklich durchdröhnte und durchschnarrte Beethovens A-Dur Sonate unser Heim. Mit wärmsten Gefühlen der Vorfreude hatte ich die CD eingelegt, doch ich fand´s fürchterlich.

Man traut seinen Ohren kaum: Grob, wichtigtuerisch interpretiert und mit abscheulichen Agogiken versehen. Seine Frau, die ihn am Klavier begleitet, hatte er aus karriereförderlichen Gründen ganz einfach nur „Kayoko" genannt, und von ihr wiederum weiß niemand, wie sie mit Zunamen heißt.

Zur Mittagsstund setzte ich meine schweißtreibende Arbeit als emsige Sekretärin fort, und sah über den Rand des PCs hinweg, daß sich Frau Münch unserem Grundstück näherte.

Zunächst hegte ich noch die Hoffnung, daß wenigstens Frau Münch einen Stapel mit Zusagen bringt, doch sie brachte lediglich die Prospekt-rechnung, und Frau Renate L. aus Braunschweig hatte sehr nett, aber absagend geschrieben. Sie bekäme nur 200 € Zuschuss im Jahr, und damit ließen sich kaum die Chornoten finanzieren, schrieb sie in einer gewissen Scheinbekümmerung, so daß einen durch die Zeilen hindurch ein liebes Gesicht mit leichten Kummerfalten anzublicken schien.

Wie eine gute Fee sprach ich ihr allerdings auf den Anrufbeantworter: Daß ich doch gar keine Zuschüsse will, wenn es vielleicht die Possibilität gäbe, ein Konzert auf Eigenverantwortungsbasis abzuhalten?

Abends fuhr ich in den Klub:

Bei den Oetkens im Garten steht ein großes Blumenherz mit der Inschrift: „Hans-Albert 80!"

Doch leider ist der 80-jährige Hans-Albert schon von Geburt an geistig leicht behindert, und wird von seiner strengen großen Schwester mit durchs Leben geschleift. Einer Variante von der Gräfin Dönhoff: Mit langen vergilbten Zähnen und einem diabolisch wiehernden Pferdelachen das wie Donnergroll über die Hecken zu dröhnen pflegt, wenn denn mal ein Scherz gefallen ist.

Beim Radeln stellte ich mir vor, *wie Frau Sophie Oetken anruft, und mich zu einem Spielenachmittag einlädt (Mensch-ärgere-dich-nicht), und wie ich Rehlein begeistert davon berichte.*

Als ich meine Beinmuskulatur stählte, saß neben mir ein tätowiertes Ungeheuer an der Brusterweiterungsmaschine, und quetschte 100 kg zusammen.

An seinem Gesicht ließ sich ablesen, wie sehr er leidet.

Vielen Mitturnern habe ich einen Namen gegeben, da es sich um Variationen meines Bekanntenkreises handelt: Eine Dame heißt „Frau Vitzthum", und ein Herr mit einem spitzen Kinnbärtchen und einem verschlagenen Ausdruck im Gesicht heißt „Kantor Schmidt".

In „Hallo Deutschland" war von der grassierenden Panama-Grippe die Rede, von der demnächst halb Europa hinweggerafft würde. Kaum vorstellbar somit, daß Frau Kettler davon verschont werden sollte? Sie lässt sich seit Tagen nicht (mehr) erreichen, so als sei er gar nicht mehr auf der Welt. Da sie allerdings alleinstehend ist, wird sie wohl kaum vermisst?

Freitag, 28 Februar

Dünn und grau überzogen

Im Wartezimmer der Zahnarztpraxis saß ich neben einer dicken jungen Frau, die mich an die Geigerin Friederike aus den 80er Jahren in Trossingen erinnerte. Eine Geigenstudentin, die ich völlig vergessen hatte, doch jetzt fiel sie mir wieder ein.

Ich kaute Kaugummi, um meine Knoblauchfahne zu vertreiben, und las in einem Journal, das ich ganz hervorragend fand: „Journal für die Frau".

Fast jedes Thema war packend:

Beispielsweise beschäftigte sich ein Journalist mit Frauen, die krampfhaft drum bemüht sind, einen ganz tollen Mann zu erobern. Ein anderer Journalist beschäftigte sich mit Frauen, die darunter leiden, daß sie sich einfach nicht mehr verlieben. Ein dritter knöpfte sich komplizierte Mutter/Tochter-Verhältnisse vor, und porträtierte ein aus der Menge gegriffenes Gespann.

Ein Verhältnis, das leider nicht das allerbeste war, da, so die Tochter, alles Schöne im Leben stets an Bedingungen geknüpft sei. Einfach mal so in den Arm genommen zu werden, und ein gutes Wort zu hören, ist schlicht nicht drin...

Dann wurde ich aufgerufen.

Immer wenn ich komme, sind in der Praxis Verfeinerungen vorgenommen worden. Jetzt z.B. ein riesiges neues Behandlungsgerüst mit dicken Dino-Armen, auf dem die diversen Platten mit Behandlungsutensilien ausgebreitet waren.

Eine Dame, die ich noch gar nicht kannte, polierte sorgsam meine Zähne. Es dauerte entsetzlich lange. Wenn es schmerze, so solle ich die Hand heben, hieß es. Doch ich war tapfer und hob sie kein einziges Mal.

Dann war die Behandlung um, und mit der Auflage zwei Stunden lang keinen Tee und keinen Kaffee zu trinken wurde ich in die Freiheit entlassen. Ich stromerte durch Aurich, besuchte die Buchhandlung und las herum: Ich las über den Dahmer (Serienmörder aus Amerika). Zwar hörte er in seiner

Gefängniszelle gregorianische Gesänge und seelen-
bereinigende Werke von Bach, und las hinzu mit
einem Gefängnisgeistlichen in der Bibel, und doch
war ihm das Knastleben auf Dauer so langweilig, daß
sogar ein Haareschneiden zum Ereignis wurde. Vier
Wochen vor seinem jähen Ende wurde ihm bewilligt,
in einer Putzkolonne mitzuarbeiten, und am Morgen
des 28. November 1994 wurde er beim Kloputzen
von hinten von einem stumpfsinnig aussehenden
Mitgefangenen mit einer Hantel erschlagen.

Die Symphonie eines Leben wurde mit einem
trostlosen Schlußakkord beendet.

Mittags war ich plötzlich sehr warm gestimmt und
bekam großes Heimweh nach dem süßesten Ming,
der derzeit mit der Julia Urlaub auf der Tauplitzalm
macht. Über unsere Geschwisterschaft droht sich
bereits der Mantel dessen zu legen, daß man jeden
Tag von neuem wetten darf, daß man heute
garantiert wieder nichts voneinander hört. So, wie es
Rehlein mit dem Onkel Rainer geht. Mit jedem Tag
rückt man einander ferner.

Und dieser Entwicklung galt es nun in drastischer
Form entgegenzuwirken, und so rief ich kurz
entschlossen in Ofenbach an, um nach Ming zu
fragen.

Ming war nicht daheim, und stattdessen plauderte
ich mit Rehlein, und geriet in einen ungeheuren
Plauderschwung, so daß es Rehlein mit mir heute
praktisch genauso erging wie vor 38 Jahren, als ich
unbedingt jeden Tag mit dem Hydranten plaudern

mußte, so daß Rehlein als zum Einkauf Strebende nicht vorankam. Doch anders als andere Mütter, die in solch einer Situation eventuell ungemütlich werden könnten, war Rehlein begeistert von den Geschichten, die ich dem Hydranten erzählte, und schrieb sie zuhause alle auf.

Diesmal ließ ich ganze Psychologate über den Beckmann ab. Ich fühlte mich an, wie ein in Gang gesetzter Brummkreisel, den man nicht mehr bremsen kann, und fühlte mich von Rehleins heiterer Belustigung getragen, so wie früher.

Abends berauschte ich mich wieder an den schönen Beethoven Trios, und stellte mir vor, dem Wolfgang zu schreiben: "Diesen Pianisten möchte ich heiraten, falls er noch zu haben ist? Wo ich von früher her doch noch Chinesisch spreche! Wenn man diese CD besitzt und zu genießen versteht, braucht man keine Bibel und keinen Fernseher mehr!"

Etwas das ich dann auch der Hilde erzählte, als sie mich zu später Stund anrief.

Die Hilde lenkt sich durch feine Näharbeiten von ihren Sehnsuchtsgefühlen ab: Sie näht dem kleinen Yüsslein ein Löwenkostüm für den Karneval.

Die Hilde erzählte mir, daß die Stimmung bei der Gisela meist mißerablig sei, da die Gisela schier auszuticken pflegt, wenn ihr Mann Mars träge vor dem Fernseher sitzt, und Kartoffelchips nascht.

Nein! Naschen tut er sie nicht, denn unter einem „Naschenden" stellt man sich doch ein genuß-freudiges, fröhliches Gesicht vor. – Doch der Mars stopft sich die Chips einfach so in den Mund hinein, und lässt keinerlei freudige Regung auf seinem Gesicht aufscheinen.

Er kaut schmatzend und krachend darauf herum, und starrt mit glasigem Blick auf den Bildschirm.

Drum hat die Gisela den Fernseher einfach weggegeben, so daß der Mars seines Lebenselixiers beraubt wurde, und dementsprechend ungenießbar ist.

Personenverzeichnis (Eine Auswahl):

Achim, Gitarrist und Familienvater aus Fischerhude (*1953)
Amrei, (*1963) ehem. Studentin Buzens
Backa, Herr, gefürchteter Mathematiklehrer in Aueich (*um 1929?)
Bea (Beätchen), (*1943) Tante mütterlicherseits in Kalifornien
Berke, Herr, (*1938) lieber Freund Rehleins
Brinkmann, Professor, Klaus-Jürgen Wussow (*1929) großer Schauspieler, der aus seiner Rolle des Prof Brinkmann nie wieder herausfand, so daß er hier unter „Prof. Brinkmann" gelistet ist.
Christoph, lieber Freund in Aurich, Cellist, Komponist, Lehrer und Dirigent (*1965)
Daaje, (*1994) älteste Tochter von Mings Exe Gerswind
David, (*1981) jüngster Sohn von Onkel Dölein in Amerika
Edith, (*1942) Dame, die im Haus gegenüber von der Omi Ella lebt
Evchen, (*1959) ehem. Arbeitskollegin von der Omi, die sich die Omi als Anjammerungstante auserkoren hat
Franz, (*1968) Student Buzens aus Taiwan
Gisela, (*1964) Dame in Bonn
Gerswind, (*1964) uneheliche Exe Mings
Großmann, Familie, Achim, Gitarrist in Fischerhude (*1953), Inga (*1970) Judith (*1998) und Ludmilla (*2003)
Hartmut, (*1945) Onkel väterlicherseits in Münster
Han-Lin, (*1974) Studentin Buzens aus Taiwan
Heiko, (*1961) liebster Freund in Aurich
Hendrik, (*1994) Klavierschüler Buzens in Aurich
Henning, (*1995) Violinschüler Buzens
Hilde, (*1964) Exe Buzens
Himstedt, Eheleute, Eltern von meiner lieben Freundin Veronika (*1013/1924)
Inga, s. Familie Großmann

Ingeborg Omi, *1931 Mutter von unserem Freund Heiko

Isabella, (*1992) Töchterlein von unserem Freund Heiko in Aurich

Israel, Hänschen, bedeutender Gastwirt in Grebenstein

Johannes, (*1993) Söhnchen von unserem Freund Heiko in Aurich

Judith, (*1998) kleines Töchterlein von Herrn Großmann, dem Gitarristen

Julia (Julchen), (*1983) Mings neue Liebe

Kettler, Frau, (*1947) Telefonfreundin aus Basel

Kionczyk, Frau, (*1919) Mutter von unserer freundin Edith in Grebenstein

Linda(lein), (*1973) älteste Tochter von unserer Tante Bea in Kalifornien

Lisel, (*1932) Ehefrau von unserem Onkel Andi in Blankenfelde/ Brandenburg

Lüvers, Frau, (*1937) ganz nette Frau in Aurich

Mars, (*1969) Schwager von Buzens Exe Hilde

Miriam, (*1970) Geigerin in Stuttgart

Mobbl, Omi, (1910 - 1999) Omi mütterlicherseits

Monika, (*1961) frisch nach Ostfriesland gezogene Schwester unserer Freundin Thekla

Möllers, Nachbarn in Aurich (*um 1953?)

Münch, Frau, (*1943) meine Sekretärin

Oetken, Geschwister, betagte Nachbarn in Aurich Sophie und Hans-Albert (*1923)

Pannonius, Opas Künstlername

Paulette, ehem. Studentin Buzens (*1963)

Picker, Frau, (*1932) Klavierspielerin in Linz

Reimers, Rektoreneheleute in Trossingen (*1941/1942)

Rifflein, (*1978) einziger Sohn von unserer Tante Bea in Amerika

Rudi, Opa, (*1927) Vater von unserem Freund Heiko

Ruth L., (*1961) ehem. glühende Verehrerin Buzens

Saathoff, Frau, (*1934) einsame alte Dame in Aurich

Schinke, Frau, (*1934) meine Bratschenschülerin

Schröders, Omis Nachbarn und Vermieter in Grebenstein

Stephanie, (*um 1973) Fräulein im Hause gegenüber

Thekla, (*1965) liebe Freundin in Ostfriesland

Tone, (*1962) lieber Freund in Leer/Ostfriesland

Uschilein, (*1946) Exe von unserem Onkel Eberhard

Uta (Utelchen), (*1936) Tante mütterlicherseits

Wembo, (*1980) Bratschenschüler Buzens

Wies, Frau, (*1940) Omis Helferin

Winfried, (1956 – 2002) verstorbener Schüler Buzens

Vitzthums, Eheleute in Ofenbach (*1936/1957)

Yossi, (*1947) Spezi Buzens. Bratscher und Genie

.und weiter geht´s im nächsten Band.
Erscheint am 16. Februar 2022…..